JN024620

ノルト王国国王
ヨキアム
新米男爵の天才画家
アレン
アレンの従妹
ハンナ

女王陛下
お気に入りの侯爵
バルバストル
ロア王国を統べる
若き女王
エスメラルダ
アレンと仲の良い
公爵家令嬢
シルヴィア

「はっ！」
水しぶきの中、抜き身の剣が
白い光を放った。

CONTENTS

第5章 カントリーハウス

1 新米男爵アレン・ラントペリー

まるで映画のセットのような洋館のアトリエ。壁に立てかけられた複数のキャンバス、小さな瓶に入れて棚に並べられた顔料、絵具のついたテーブル。

その部屋の中央に立って、俺は心のままに筆を走らせる。

美しい風景、可愛《かわい》らしい少女、伝説の英雄——何だって描くことができた。

俺の名前はアレン・ラントペリー、転生者だ。

元日本人の俺は、神絵師に憧れるしがないサラリーマンだった。絵を描くのが好きで、学生時代から暇さえあれば何か描いていた。しかし、結局は才能がなくて、俺は絵の道を諦めた。

そんな俺は、偶然見つけたスマホゲームアプリで、自分の理想の画家設定を詰め込んだチート画家キャラを作成し、異世界の商家の息子、アレン・ラントペリーに転生した。

その後は、実家の商会の危機を救うために、画家と商人の二足《にそく》の草鞋《わらじ》で奮闘し、伯爵夫人の劇場経営に協力したり、跡取りのいない公爵家の令嬢を女公爵にしたり、不仲になりそうな貴族の結婚をうまくいくように取り計らったりなどしていった。その内に能力を認められ、女王陛下にも気に入られて、俺は爵位をもらうまでになっていた。

俺が男爵位をもらって諸々《もろもろ》の手続きを終え、一息ついていた頃。

女王陛下の側近であるバルバストル侯爵が、一人の貴族を連れて俺の家にやって来た。

バルバストル侯爵は金髪碧眼《へきがん》のイケメンで、王都の商人をまとめているやり手だ。

俺は父とともに、恭しく右手を胸に当てて頭を下げ、侯爵を迎え入れた。

「わざわざお越しにならなくても、呼び出していただければこちらから伺いましたのに」

と、俺は侯爵に言った。

「いやいや。今日はご家族にも聞いてもらいたい話があってね」

「家族、ですか？」

侯爵たちを客間に通すと、俺は両親と並んでソファーに座り、彼の話を聞いた。

バルバストル侯爵はまず、連れてきていた貴族を紹介してくれた。

「こちらはカテル伯爵。用件は彼にも関わることなんだけどね」

「はい」

「突然だけど、ラントペリー男爵、家を買わないか？」

「……へ？」

マジで、突然ですね。

いつも通り爽やかなイケメンスマイルを向ける侯爵を、俺は呆《あき》れ半分に見返した。

「貴族がそれぞれ地方に屋敷を持っているのは知っているよね」

「はい」

王国内の貴族は、都市と領地の屋敷を行き来しながら生活している。

たいていは、領地の屋敷の方が豪華だ。

王都は土地が限られるので、シンプルな建物が多いのだが、領地では自由に好みの屋敷を建てていた。

以前に磁器の開発で訪れたレヴィントン公爵家の城など、すごく大きかった。

「君は領地持ちの貴族ではないけれど、男爵位を持った以上は、地方に屋敷の一つくらいは持っておいた方がいいと思うんだ。貴族の格式を守るためにも」

「……たしかに、そうですね」

貴族は貴族らしい生活をしているから、貴族と認められる。

爵位を賜った以上、俺もそれらしく振る舞う必要があった。

「そこでね、このカテル伯爵が、屋敷の一つを譲ってくださるって話だ」

なるほど、それでわざわざウチに来たのか。

地方の屋敷の管理は大変だ。維持費がものすごくかかる。

カテル伯爵は、調子の良いときに複数の屋敷を持って、管理しきれなくなったんだろうな。

そういう貴族は多いから、その屋敷を新興商人に引き取らせることも、多分、女王陛下とバルバストル侯爵の計画に入っていたのだろう。

俺がチラリと横の父を見ると、彼は静かに頷《うなず》いてみせた。

「ありがとうございます。ぜひ、詳しいお話を聞かせてください」

俺がそう答えると、カテル伯爵はホッとしたような表情になった。よっぽど売りたかったのだろうな。

叙爵を受けたのだ。それに相応《ふさわ》しい屋敷を持つことも、必要経費の一つだと考えよう。

よほど酷《ひど》い物件でない限り、バルバストル侯爵の顔を立てて決めてしまっていいだろう。

それから、詳しい内容を聞いて、俺はカテル伯爵の持つ屋敷の一つを購入した。

購入した屋敷は、王国南部の海岸沿いにあった。

「景色が良いところとは聞いていましたが、想像以上ですね。南に開けた明るい青い海だ」

海沿いに、真っ白な砂浜が続いている。

前世なら高級リゾート地になりそうなポテンシャルを持つ土地だけど、ここでは何もない田舎《いなか》だった。

カテル伯爵のご先祖様もこの景色を気に入って、海を楽しむ別荘として今回購入した屋敷を建てたらしい。

海から少し歩いた木立の中に、小さな城のような屋敷が立っていた。

「立派なお屋敷ですね」

前世なら映画やドラマのロケ地にでも使えそうだ。

「歴史的な風情があるな。つまり古いということだが……」

と、一緒に来ていた父が言った。

「あちこち修理しないとですね」

屋敷の内部はかなり汚れていて、改装が必須だった。

ただ、その分値引きしてもらえたし、建物の造り自体はしっかりしていたので、ちゃんと修繕すれば良い家になると思う。

「そうだな。後々、お客様をたくさん迎えることになるはずだ。ウチは商売をやっているから、大きな商談にも使えるように立派に改装したいな」

「はい」

俺は日に焼けて傷んだエントランスに立ち、考えを巡らせた。

周囲の環境が良いところだし、せっかくなのでリゾートホテルみたいにしたいなぁ……それだったらちゃんとコンセプトを決めて……そういえば、以前に見た王宮の天井画、すごかったよなぁ。

そうだ！

「改装について、面白いアイデアが浮かびました」

人生初の俺所有の一軒家。

それは、俺にとって落書きし放題の家なのであった！

お洒落《しゃれ》な家って憧れるよね。

前世の友人の中には、集めたフィギュアやプラモデルをガラスケースに入れ、ライトまでつくようにしたかっこいいオタク部屋を作っている人がいた。

ネットには、海外の尖《とが》ったデザインのインテリアでコーディネートしたお洒落な部屋の写真がたくさん上がっていたし、テレビではこだわりぬいた芸能人の自宅を紹介していた。

そういう家に対する憧れを、俺は昔から持っていた。

しかし、部屋というのは、物が増えるほどごちゃごちゃしてくるのである。

単品ではどんなにかっこいいインテリアも、置き場所を間違えれば部屋の邪魔になるのだ。

センスのなかった前世の俺は、ごちゃつくのが怖くて部屋に物を置けなかった。

大好きなアニメのポスターも、変な貼り方をして不格好に見せるのが申し訳なくて飾れなかった。

CDやイラスト集のおまけポスターも、飾ったことがほとんどなかった。

だが、今の俺には〈神に与えられたセンス〉がある！

「家の内装全部、装飾しまくってやるんだ」

俺は張り切って拳を握り締めた。

俺には転生時に手に入れたチートスキルが五つあった。

・神に与えられたセンス（あらゆるデザインでセンスの良さを発揮する）
・緻密な描写力（一定距離と時間で観察したものは必ず正確に描写できる。想像上のものもリアルに描ける）
・弘法《こうぼう》筆を選ばず（平面に描くものなら何にでも対応できる。扱いにくい顔料の成分なども自在に操れる）
・メモ帳（スキル使用者にだけ見られる不思議な画面。文字情報を記録できる）
・神眼（絵に描いた対象の情報を読み取る鑑定能力。対象をしっかりそれと分かるように描くと発動する。鑑定結果はメモ帳に記録される。一度に手に入る情報はメモ用紙一枚分程度が上限）

このスキルの内、〈神に与えられたセンス〉を使えば、全体のバランスを考えて、屋敷の内装や家具の配置を決めることができた。

俺の画力チートは平面に描くものに限定されるので、立体的なものはデザインだけして職人さんに作ってもらう。

一方、平面であれば、俺自身の手で装飾することができた。

――部屋の壁に絵を描いてみよう。

前世でも、器用な人の中には、アクリル絵具などを使って自分で壁に絵を描いたりする人がいた。

もうちょっと簡単なものだと、イラストをプリントした壁紙を貼るなんてこともできた。

昔の日本のお城や和風建築であれば、絢爛豪華《けんらんごうか》な襖絵《ふすまえ》が有名だ。京都の二条城の襖絵とか、修学旅行で見て感動したなぁ。

ヨーロッパの屋敷や教会は、フレスコ画で装飾されることが多かった。ミケランジェロの天井画などは、世界中に知られた傑作だ。

今回俺が買ったのは、古いヨーロッパ風の屋敷なので、俺は家の壁にフレスコ画を描いてみることにした。

改修を終えた部屋の壁に、漆喰《しっくい》を塗る。

フレスコ画は、この漆喰が生乾きの内に絵を描いてしまう。漆喰が乾いてしまうと、塗りなおしはできない。そのため、計画的に作業する必要があった。

広い屋敷の壁全部が俺のキャンバスだと考えると、かなりの面積になる。俺はどんどん描き進めていた。

ただ、全部の部屋を俺が使うわけではないので、俺の好みだけで絵の題材を決めてしまうのはよくなかった。先に父のリクエストは聞いたが、母や妹の話はまだ聞けていない。

――どうするかな。まあ、今描いているのを仕上げてから考えるか。

俺は目標部分を描き終えるまで、壁に向かってひたすら筆を走らせた。

「ふう。目標分、完成。――おや？」

作業を終えて、ふと振り返ると、後ろに両親と妹が立っていた。

「父さん、母さん、フランセット。いつからいたんですか？」

改装途中の殺風景な部屋で、両親と妹は何をするでもなく俺の方を見ていた。

「ずっと、アレンが絵を描くところを見学していたのよ」

と、母さんが答える。

「マジですか……」

集中しすぎて全然気づかなかった。

「絵の邪魔をしたら悪いと思って黙っていたの。びっくりさせてごめんね、お兄ちゃん」

フランセットはお出かけ用の白い綿のワンピースを着ていた。俺が作業している近くにいて、絵具などついたら台無しだろうに。

「王都から、今来たところでしょう？　そんなところに立ってないで、改装の終わった部屋で休めばいいのに」

「何を言っている、天才画家の作業風景だぞ。見学料をとっても商売が成り立つくらい貴重で面白い見せ物だろう」

「ええ……」

真面目《まじめ》なはずの父さんは、変なことを言い出した。

「本当すごい。何もないところに新しい世界が生まれていくみたいだったわ」

母はいたく感動した様子だ。

「そんなに良いものじゃないですって。まだ途中だし」

「途中が見られるのが良いんだ。もちろん、完成した作品も早く見たいが」

「そうですか。——ああっ、母さんとフランセットに、聞きたいことがあったんだ」

「聞きたいこと？　何かしら」

「二人が使う部屋の壁も、俺の絵で装飾しますか？」

「そうねぇ。もちろん、お願いしたいわ」

「うん。お兄ちゃん、お願い！」

「それじゃあ、何を描いてほしいか、決まったら教えてください。それと、他の部屋も相談したいところがあるので、後でお願いしますね、父さん、母さん」

俺はお客様を迎える部屋の内装など、決まっていない部分を両親と相談し、どんどん屋敷の改装を進めていった。

別荘の改装が半分くらいまで進んだある日の夕方。

俺は屋敷近くの海岸沿いを、一人で散歩していた。

辺りには、白い砂浜がずっと続いている。

俺はぐぐっと伸びをして、壁画の作業でついた変な姿勢をリセットした。

両親と妹のリクエストを聞いて壁画を描き、お客様を迎えるエントランスや客間をそれらしく整え、改装は順調に進んでいた。しかし――。

「何か、物足りない」

家族が使うスペースや、お客様に見られる場所の絵は、それに相応《ふさわ》しいデザインにする必要がある。そういうのを考えて描くのも、やりがいはあるんだけど……。

「本音を言うと、もっとぶっ飛んだ部屋も欲しいよなぁ」

痛車ならぬ、痛部屋？　オタ部屋？　呼び方は分からないけど、そういう部屋を自由に作ってみたい。

転生してきたこの世界は、科学技術が発展途上の昔のヨーロッパに似た世界で、俺が最初に描いたのは油絵だった。

化学染料がないので、前世で見たような発色の良い絵は描けないと、当初は思っていた。

――しかし、この世界には魔法があった。

希少な顔料を集め、土魔法を研究して、俺は前世のデジタル絵のような鮮やかな色の再現に成功していた。

別荘は部屋数に余裕がある。

「俺しか入れない隠し部屋みたいなのを作って、前世のアニメみたいな絵も描いてみたいなぁ」

異世界で前世のアニメ絵を突然公開したら、周囲にドン引きされる恐れがあった。でも、俺は今までに役者絵の版画やワインラベルのデザインで、デフォルメしたイラストを徐々に浸透させていた。それで、従来の油絵より、俺の描くイラスト調の絵が好きだと言ってくれる人も、ちらほらと現れていたのだ。

「隠し部屋、秘密のアニメ部屋……そういうのを作って、俺と趣味の合いそうなお客さんだけを案内する。俺の別荘なんだし、そういう使い方をしてみてもいいよな」

俺は海に向かって一人、悪だくみの笑みを浮かべた。

2 天才画家のお屋敷

屋敷の改装が完了した。

これからは、この別荘にお客様を呼んで、商談などにも使う予定だ。

だが、その前に——。

「シルヴィア、いらっしゃい。ゆっくりしていってね」

屋敷の最初のお客様として、俺はシルヴィアを招待していた。

シルヴィア・レヴィントン女公爵。

この国で四家しかない公爵家の当主だ。

本来は雲の上の存在だが、レヴィントン公爵家の問題を解決するのを俺が手伝ったことで仲良くなり、非公式の場では対等の友人になっていた。

「お招きありがとう、アレン。道中を見てきたけど、景色が綺麗《きれい》で良いところね」

と言って、シルヴィアはキラキラした青い瞳を細めてほほ笑んだ。

俺と同い年の彼女は、素直で可愛《かわい》い人だった。

「ありがとう、シルヴィア。それと、今回はよろしくお願いするね」

「任せて。気になる点は、しっかり指摘させてもらうわ」

屋敷は立派に改装できたけど、貴族になりたてのラントペリー家では、訪問客のもてなしに不安が残る。そこで、仲の良いシルヴィアにまず滞在してもらって、おかしなところがないかチェックを頼んでいたのだった。

「それでは、どうぞお入りください」

俺は玄関の扉を開いてシルヴィアを迎え入れた。

屋敷の中に一歩踏み込んだ瞬間、シルヴィアは思わず声をあげた。

「まあっ！　これはまさにアレンの家ね！」

エントランスでは、壁一面に描かれた壁画が客人を待っていた。

「初めて来るお客さんは、皆、入った瞬間からびっくりしてしまうでしょうね。この壁画は、王国の建国神話に出てくるドラゴンかしら？」

吹き抜けの玄関の高い壁から天井にかけて、地上を見下ろすドラゴンと、それを退治する勇者が描かれていた。

前世で好きだったゲームのキャラクターをモデルに、こちらの建国神話にも寄せた絵だ。

「そっか、この屋敷全体がアレンの作品みたいなものなのね。ワクワクしてきたわ」

シルヴィアは興奮気味に言った。

「他にもたくさん描いたんでしょ？　早く見せて」

「はい。こちらへどうぞ」

屋敷は玄関から右手に客間、左手に食事用のホールがあった。

俺はまず客間から案内した。

「これは、何かの物語を描いたのかしら？」

客間の壁には、絵巻のように一人の人物の物語が展開される形で描いていた。

「ラントペリー家の歴史だよ。ウチのご先祖様が貧しい行商からわらしべ長者的にどんどん大きな商会を作っていく様子を描いてるんだ」

「なるほど。左から部屋を一周するように物語が進んでいくのね」

「そう。ここは父のリクエストで描いたんだ」

「素敵ね。こういうの、自分の屋敷にも欲しいって貴族は多いんじゃないかしら」

「ああ、そうかもしれないね。新たな商売のタネができたかも」

前世でもファミリーヒス○リーみたいなテレビ番組があったし、個人で自分のご先祖様を調べている人もいるって聞いたことがある。けっこう需要はあるかもしれないな。


他にも、屋敷には家族にリクエストされた絵をたくさん描いていた。

両親の寝室には母の趣味で東の国の自然風景を、フランセットの部屋には動物園のようにたくさんの生き物を描いた。

それから――。

「こっちの部屋は、壁画ではなく額縁に入った絵画を飾ったんだ」

屋敷の中で一番奥行きのある長方形の部屋は、ギャラリーっぽくして、俺の描いた絵を額に入れて美術館の展示のように飾ってみた。

一方で、食事用のホールはいたってシンプルにした。

「あら？　食堂に絵は描かなかったの？」

「うん。壁と床は装飾を控えめにして、料理の見栄えに影響しないようにしたんだ」

ダニエルに日本で食べていた料理も少しずつ再現してもらっているし、派手な壁画を描いて料理の見た目と干渉し合うのを避けた。

「壁と床〝は〟装飾を控えめ……ん？」

俺の言葉に引っ掛かりを覚えたようで、シルヴィアは天井を見上げた。

「ああっ！」

天井には色とりどりの絵が描かれていた。

「なにこれ、可愛い。よくあるフレスコの天井画とは違うよね。板に描いた小さな絵の集合体？」

「うん」

天井の装飾は、日本のお寺で見たことがあったものをヒントにしていた。天井を梁《はり》でマス目状に仕切って、その一つ一つに草花の絵を描いた板をはめ込んだ花天井だ。

「一枚一枚違う小さな絵がたくさん……全部アレンの手描き？」

「そうだよ。色んな植物や小鳥とかをスケッチして描いたんだ」

「いいわね。繊細で上品。こういうの好きよ」

シルヴィアは楽しそうに天井の絵を一枚ずつ見ていた。

そんな感じで、ひと通りの部屋の案内を終えた。

「だいたいこんな感じで、各部屋に俺の落書きを入れてみたんだ」

「落書きって、アレン、言い方……」

と、シルヴィアは苦笑いした。

「落書きじゃなくて芸術作品でしょ。その内、屋敷ごと買い取りたいって人が出てくるかも？」

「えー、売らないよ。この屋敷、たまたま買えたにしては、周囲の環境も良くて気に入っているんだから」

「でしょうね。私も羨ましくなったもん。——ところで、アレン」

シルヴィアは廊下の奥にある小さな扉を指さした。

「案内のとき、ちょくちょく飛ばしている部屋があったわよね。明らかに物置だろうと思う部屋もあったけど、あの部屋とか、日当たりもよさそうだし、使えそうな部屋じゃない？」

シルヴィアが指摘したのは、俺が意図的に隠しておいた部屋だった。

「あ、そこは……えっと、新しい絵の研究をしている部屋なんだよ。変な絵もあって不格好だから、あまり見せたくなかったんだ」

俺は内心ドキリとしながら、平静を装って言った。

「そうなの？　アレンの絵なら私、何でも興味があるよ？」

「そう言ってくれるのは嬉《うれ》しいけど、がっかりさせたら悪いし……」

「大丈夫よ。中をちょっと覗《のぞ》くだけ、いいでしょ？」

「ちょ……シルヴィア!?」

好奇心にかられたシルヴィアは、俺の制止を振り切ってその扉を開けてしまった。

すると、この世界ではほとんど見られない鮮やかな色彩が、彼女の目に飛び込んでくる。

驚きでシルヴィアの表情が固まった。

あーあー……。

「……ええっと、たしかに研究中の絵なのね。見たことのない画風だわ。目が大きい女性の絵が多いのかしら」

「はは……。好みが分かれる絵だよね」

くっきりとした輪郭で描かれた、表情豊かな女の子。陰影はあまりないが、色彩にメリハリがあり、見る人に強い印象を残す。とても可愛くて、俺はずっと大好きで、いつか自分の思う通りに描けたらいいなと思っていた絵。でも――。

「わ……私にはよく分からないけど、人によっては心を打つものがあるんじゃないかしら？」

シルヴィアにこんな目で見られるんなら、アニメ美少女壁画部屋なんて作るんじゃなかったっ！

「そ……そうだね。俺と趣味の合う人なら、気に入ってくれる……かも」

一度、マクレゴン公爵家のローデリック様を呼んでみるかな。俺の絵のコレクターになってくれていたし、アニメ絵も受け入れてくれるかもしれない。

「うーん、まあ、壁画を描くのにも慣れたし、ウケの悪い絵は最悪描き直してもいいか」

自分で描けるので、気に入らなくなったらいくらでも別の絵に描きかえられるのだ。理想の落書き屋敷である。

「お手柔らかにしてあげなよ。アレンが生きている内はいいけど、死んだら子孫が保存に苦労するわよ。アレンの絵なんて、亡くなった後はどんどん価値が上がるだろうし」

うっ、そこまでは考えてなかったな。

「俺としては自分が楽しめればそれでいいんだけど……」

子孫が俺の黒歴史の保存に必死になるとか考えると恐ろしいぞ。

「あー、まあ、先のことは後々考えることにして、シルヴィア、せっかく来てくれたんだし、楽しんでいってね」

そうして、俺は最初のお客様であるシルヴィアをもてなし、見事、おもてなしの合格点をもらった。

「合格というより、基準をはるかに上回っていたわよ。何より見事な壁画が見られて、その上、ご飯が美味《おい》しいんだもん」

と、シルヴィアからお墨付きをいただけた。


翌日。

朝から、別荘近くの海岸を、シルヴィアと散歩した。

「良い景色ね。南に開けた明るい海」

シルヴィアは白い綿素材のワンピースを着て、海を眺めていた。フランセットも似たような服を持っていたな。

軽くて着心地のいい綿のワンピースは、今年の王都の流行《はや》りだった。

ふわっとした質感は海辺にとても合っていて、朝日に照らされた海を背景に立つシルヴィアはとても美しかった。

俺は両手の親指と人差し指で長方形を作り、それを通してシルヴィアを見つめた。

「アレン、何してるの？」

「海を背景にシルヴィアの絵を描きたいなと思って。いいかな？」

「えっ、この格好で？」

シルヴィアは驚いたように目を丸くしてこちらを見た。海よりも濃い藍色の瞳が揺らぐ。なんでだろ、妙にリアクションが大きい。

「綿のワンピース、夏の海に似合うし、良い絵になると思うよ」

海に白いワンピース、前世では平凡な組み合わせだろうけど、こっちでは最近になって織りの技術が上がったところだ。真新しくてより瑞々しく感じられると思う。

「あーうん、それは、そうかもしれないけど……」

シルヴィアはなぜか照れた様子で俺から視線を逸《そ》らした。

「どうしたの？　何か気になるところでもあった？」

「……軽いのよ」

「軽い？」

「ふわっとして軽くて、締め付けられないのは良いけど、頼りなくて……」

「ほへ？」

「着心地がいいからつい着てきちゃったけど、絵になると思うと急に恥ずかしくなってきたわ。下半身とか何も身につけていないみたいにスースーしてるし、これが絵になるのかぁ」

シルヴィアはスカートを少し持ち上げてパタパタと振った。

「ちょ……シルヴィアさん？」

思ってること全部口にするのやめてくれ。

でも、たしかに正装した貴族のドレスは、高価な布をふんだんに使ってボリュームを出したり、宝石やビーズで飾り立てたりしているから、綿のワンピースのような軽やかさはみじんもなかった。頼りないといえば頼りない格好なのかもしれない。

「綿のワンピース、流行してはいるけど、アレンの絵にするには、もっとちゃんとした格好でないと。正装して、威厳を持って、ほら、アレンが描いた女王陛下の肖像画みたいに……」

そうシルヴィアが呟《つぶや》いたタイミングで、少し強い海風がこちらに向かって吹いた。風が白いスカートを舞い上がらせる。

「……ね？」

スカートを押さえながらシルヴィアは俺を見た。

「い……いや、そんなことないよ。絵って、シルヴィアが思っているほどガチガチにキメて描くものじゃない。綿生地の軽やかさや自然な海の明るさ、色んなものが絵になるんだ。俺はもっと気楽

に好きな絵を描きたいと思う」

俺はつい早口になってシルヴィアに言い返していた。

「そうなの？」

「うん。絶対良い絵になるよ」

考えてみると、屋敷の壁画でアニメ絵も描いていたし、良い機会かもしれない。

色んな絵の表現とか……一部の萌《も》えポイントとか……この世界に持ち込んでみようかな。うまくいけば、俺以外の人が描いた作品も楽しめるようになるかもしれない。

「そっか。じゃあ、完成したら見せてね」

「ありがとう。うまく描けたらプレゼントするよ」


その日から、俺はキャンバスに向かってシルヴィアの絵を何枚か描いた。

一番良い絵をシルヴィアに贈って、残りは俺のアトリエに置いた。そして、モデルの特定できない女性の後ろ姿を描いた絵だけを、王都で公開した。

エメラルドグリーンの海と、白波にまぎれて風になびく白いワンピース。

そんな絵を一枚見せただけで、ラントペリー家の別荘には訪問希望者が殺到した。

別荘では大口の商談がまとまりやすく、ラントペリー商会にもけっこうな利益がもたらされることになるのだった。

さらに――。

「こ……この絵は……なんという神絵なんだ！　素晴らしい！　素晴らしいよ、ラントペリー氏！　僕、この家に住みたい！」

マクレゴン公爵家のローデリック公子をお招きしたときには、アニメ美少女壁画部屋を絶賛してもらえた。

「ラントペリー氏、この女神の絵、僕のためにも描いてくれるかな？」

「はい、もちろんです」

「やったぁ！　それだったら、あのね……」

アニメ絵を気に入ったローデリック様からは、新たな絵の注文を受けることになった。

他にも、俺の絵を見たいという人はとても多く、ラントペリー家のカントリーハウスは、俺の個人美術館のようなものになっていくのだった。

第6章 造形作家

1 お茶くみ人形

マクレゴン公爵家の王都屋敷。

「ご注文の品をお届けにまいりました」

「うわわわぁっ、ありがとう、ラントペリー氏！」

俺はローデリック様に、レヴィントン家の窯で焼いた新作の磁器セットを届けに来ていた。

公爵邸の広い応接室で、ローデリック様と彼の妻のセリーヌ様に、持ってきた磁器を見せる。

二人は以前に俺がお見合い肖像画を描いて知り合った人たちだった。特にローデリック様は俺の絵をいたく気に入ってくれていて、俺の作品の熱心なコレクターだ。

「すごい……カップ一つ一つに違う絵が描かれている。繊細でありながら大胆な構図、このお皿の女の子、この世のものとは思えないほどに可愛《かわい》い！」

テーブルに置かれた磁器のカップに顔を近づけ、ローデリック様は真剣な表情で俺の絵付けを確認していった。

彼に注文されたのは、以前に俺が自分用に描いていたアニメ美少女風のイラストの入ったティーセットだった。

……大事なことなのでもう一度言おう。

アニメ美少女ティーセットである。

「ローデリック公子、この度はレヴィントン家に大量のご注文、ありがとうございました」

と、一緒に来ていたシルヴィアがローデリック様に礼を言った。

彼女とともに開発した磁器は、レヴィントン家の窯で制作し、販売はラントペリー商会が請け負うことになっていた。

磁器の販売は好調で、貴族の間では、夕食会のための食器のセットや、お茶会のためのティーセットを新しく買い揃《そろ》えるのが流行《はや》っていた。

それで、お金持ちのマクレゴン公爵家からも大口の注文をいただけたのだった。

繰り返しになるが、ローデリック様が頼まれたのは、大規模なガーデンパーティーが開ける枚数の茶器、ケーキを取り分ける皿から、軽食を置ける大皿まで含め、全て鮮やかな絵付けと金彩で装飾された豪華な――。

アニメ美少女ティーセットである。

……俺から見ると、アニメのグッズにありそうなキャラマグカップと皿が大量に並んだ状態……ごふっごふごふっ。

全てローデリック様のために俺がデザインして仕上げた大作だ。

「あぁぁぁあっ、素晴らしい、素晴らしい！　これほどのものが僕のコレクションに加わるなんて、最高だよ。――何が素晴らしいか分かる？　セリーヌ」

ローデリック様はぐるんと首を九十度回転させると、ソファーに並んで座っていた彼の妻に話しかけた。

セリーヌ様は彼に優しくほほ笑んで、

「そうですわねぇ。見たことのない斬新な絵柄ですけど、私にはそれ以上は分かりませんわ」

と答えた。

二人の仲は良好みたいだ。

「ほら、例えば、このお皿の女神の絵を見て」

と、ローデリック様は大皿に描かれた巨乳美少女のイラストを指して言った。

「……これは、胸が大きすぎませんか？　現実離れしているというか」

セリーヌ様は少し困惑したように言うが、ローデリック様の勢いは止まらない。

「そう、それがいいんだよ！」

と言って、彼は感極まったようにソファーから立ち上がった。

「いいかい？　ラントペリー氏が描いているのは、現実そのものの写しではなくて、最もインパクトがあり、美しく見える形なんだ」

「そう……なのですか？」

「うん。これは絵として計算されたバランスの結果なんだ。のっぺりと現実の人間に近いスタイルで女神を描いても単調な絵にしかならない。このメリハリ！　極端なほどの腰のカーブ！　豊満すぎる胸！　そうすることでこそ女神の魅力が際立ち、絵としての完成形を作り上げているんだ！」

ローデリック様のピュアな言葉が爆風のように俺の耳を突き抜けていく。

俺は、「彼を止めてくれ」という思いで必死にセリーヌ様を見た。

だが、彼女の方も納得したというように頷《うなず》いて、

「なるほど。そういうことだったのですわね」

と言った。続けて、

「実は以前に、ラントペリー男爵がデザインしたワインラベルの女性の胴が長すぎると批判してくる画家がいましたの。それで、その画家が『正しいバランスはこうだ！』と、ラントペリー男爵の絵と似た構図の絵を描いてラベルに重ねて見せてきたのですけど、私には男爵の描かれた絵の方がしっくりくるように見えていたのですわ。あれもわざと現実とは違うバランスで描いて、絵として整えられていたのでしょうね」

と、セリーヌ様は考察までしてくれた。

「……ワインラベルの方は確かに、丸いものに貼るのでそれに合わせて調整していました」

細かい工夫を褒められるのは嬉《うれ》しいけども――。

「でしょ、でしょ！　ほらぁっ。このカップの人物の大きな瞳もね、見てよ！　瞳を大きくすることで、女性の目の宝石のような美しさをより詳しく表現しているんだよ」

「そうですわね。さすがですわ～」

この若夫婦は、俺をベタ褒めしすぎだよ！

俺は思わず赤面してうつむいてしまった。

「ああ僕、こんな素晴らしいティーセットを所有してしまったら、人生初めての、僕主催のガーデンパーティーなんて開いちゃうかもしれない。うわぁぁぁっ」

ローデリック様は大興奮状態で叫んだ。

「うふふ。ローデリック様ったら、本当にラントペリー男爵の作品がお好きね」

と、セリーヌ様もローデリック様に寄り添っている。

ラブラブ新婚夫婦めっ……。

セリーヌ様はローデリック様の趣味を尊重しているし、ローデリック様も、以前のように領地に引きこもるのをやめて、セリーヌ様が社交会を楽しめるようにと一緒に王都に出てきていた。

「ガーデンパーティーというと、最近の流行りはコーヒーとケーキかしら。……ワインも出したいですわね」

ボソリとワインオタクのセリーヌ様が言う。

「そうだね。ワインも選んで、楽しいパーティーにしよう！」

「えぇ、私も協力しますわ。私たち二人で開く初めてのガーデンパーティー、素晴らしいものにしますわよ！」

新婚夫婦は二人で盛り上がってガーデンパーティーの開催を決めた。

「──ということですので、パーティーにはお二人も来てね、シルヴィア、ラントペリー男爵」

と、セリーヌ様は俺たちに言った。

「ええ、もちろん参加するわ」

「はい。喜んで」

そういうわけで、俺はシルヴィアと一緒に、後日開催されるマクレゴン公爵家のガーデンパーティーに参加することになった。


空は快晴。

マクレゴン公爵邸で開かれたパーティーは大盛況だった。

王国四大公爵家のビッグカップルが初めて主催するガーデンパーティーだ。招待状は取り合いとなり、公爵邸の広い敷地には人がひしめき合っていた。

緑の芝生の庭に配置された、白いテーブルクロスのかかったテーブルの上に、色とりどりの磁器、果物をふんだんに使ったお菓子が並ぶ。

シルヴィアと向かい合って席に着くと、隣のテーブルの会話が聞こえてきた。

「いやぁ、見事なティーセットだね」

ティーカップを手に持った紳士が感嘆して言うと、

「本当に、美しい磁器ですわ。我が家でも、いずれはレヴィントン領の磁器を揃えたいですわね」

と、彼の妻らしき女性も同意していた。そこで、紳士はニヤリと笑って、

「でも、知ってるかい？　実はこのティーセット、全てレプリカらしいんだよ」

と言った。

「えっ!?　これがレプリカ？」

「ああ。ここにあるのはラントペリー氏の直筆ではないよ。本物は、あちらの建物の中に展示されている」

「まあ、それじゃあ、後で見に行かなきゃ」

婦人は興味深そうに建物の方を見ていた。

実は、ガーデンパーティーが決まった後、ローデリック様から急遽《きゅうきょ》、同じティーセットのレプリカの注文が入っていた。

俺のアニメ美少女ティーセットでパーティーをすると言っていたローデリック様だが、実際にパーティーで使うとなると、皿の何枚かは割れる覚悟をしないといけない。コレクター気質の彼にとって、それは耐えられないことだった。

大量のレプリカの注文が入って、レヴィントン家の窯はしばらく大忙しだったけど、レプリカの作製では、工房の新人にも仕事が与えられて、良い練習になったそうだ。

「――しかしまあ、豪華なパーティーよね」

果物のタルトを食べながら、シルヴィアが言った。

「大貴族のシルヴィアから見ても豪華なんだ」

「うん。このお茶会のためだけに、レヴィントン家の窯に大量のレプリカを発注したのもすごいけど、他にも……」

シルヴィアはそう言って、視線を庭の中央に向けた。そこには、マクレゴン家の使用人が何人か立っていた。

彼らの横には、見たことのない魔道具が置かれている。

「マクレゴン領の技術を駆使して開発した全自動コーヒーメーカーです。これを使えば誰でも美味《おい》しいコーヒーを淹《い》れることができます。ぜひお試しください」

と、宣伝していた。

「すごいものを作ってるわね」

「うん。魔道具って、あんなものまで作れるんだ」

マクレゴン領のコーヒーメーカーは、前世で見たものよりかなり大きく、装飾も派手だった。

大きな箱型の土台に、ポットを持った人形が載っている。魔力を注ぐと、人形のポットから、コーヒーが出てくる仕組みだった。

「お茶くみ人形って呼べばいいのかしら。すごい技術だわ」

「そうだね」

たしかに、この世界の魔道具の水準を考えると、マクレゴン領の技術レベルはすごく高かった。

しかし――。

「あの人形の造形は、もうちょっと何とかならなかったのかなぁ」

俺は思わず本音をこぼしていた。

ポットを持つ女の子の人形は、俺が描いたアニメ美少女ティーセットに似せて作ろうとしてくれたのだと思う。

しかし、その女の子のクオリティーが……前世の俺が中学生の頃に一生懸命描いていた美少女とどっこいどっこいの出来なのだった。

「あの人形は、アレンのティーセットに描かれた女の子を再現しようとしてくれているんじゃないかしら？」

「あー……そうだよね。ありがたいことだよね」

多分、魔道具技師さんが、慣れない手つきで作った人形なのだろう。前世の美少女フィギュアと同じレベルを無意識に求めてしまった俺が悪い。

――ああでも、あのお茶くみ人形が完成度の高い美少女フィギュアだったら、もっと良い物になるだろうなぁ。

人形がコーヒーを注ぐのを遠目に眺めながら、俺はつい残念に思ってしまうのだった。

「アレンならもっと上手《じょうず》に作れそう？」

と、シルヴィアに尋ねられた。

「いや。俺、絵は描けても、立体作品はからっきしダメなんだよ」

「え、そうなの？」

「うん」

俺は、画力チートを持ってこの世界に転生して、〈弘法《こうぼう》筆を選ばず〉のスキルで、平面に描くものならなんでもうまくできるようになっていた。

でも、立体作品は能力の適用範囲外だ。

俺一人でフィギュアのような人形を一から作るのは難しい気がした。本気で作るとしたら、協力者が要るだろう。

――っていうか、そもそも、こっちの世界でフィギュアなんて作れるのか？　材料、自然の粘土とかじゃなさそうだよなぁ。

ちょっと気になるし、家に帰って前世のフィギュアでも絵に描いてみて、作れるかどうか〈神眼〉で鑑定してみようかな。

ガーデンパーティーから帰った俺は、さっそく前世のフィギュアを思い出していくつか描いてみた。

「えーっと、前世で覚えているのは、某ツインテールの美少女フィギュアとかかな」

《キャラクターフィギュア
人気キャラクターのフィギュア。素材はプラスチック》

うーん、説明がシンプルだな。もうちょっと一般人が再現可能な情報が出せそうなもの……そういえば、ユー○ューブで手作りフィギュアの作業工程を動画にしているのを見たことがあった。

《手作りフィギュア
材料は百円ショップの粘土とアクリル絵具。手作りフィギュアには〝石粉粘土〟と呼ばれる粘土がよく使われる。石粉粘土は、石を粉状にしたものに接着剤の役割を果たす薬品を混ぜたもの》

「薬品……」

なんか、ややこしそうだな。平面の絵じゃないと〈弘法筆を選ばず〉も使えないから、強引な再現も難しい。これは、俺には手に負えない問題かもしれないなぁ。

俺は早々に、フィギュア制作を断念しようとしていた。だが――。

「いや、待てよ。じゃあ、あのお茶くみ人形は何でできているんだ？」

俺はたしかに、プラスチックっぽい質感の人形を、この目で見た。

ローデリック様のお茶くみ人形は、造形的にはうまくいってなかったけど、素材の質感は前世のフィギュアとよく似ていたのだ。

彼はどんな素材を使ってあの人形を作らせたんだろう？

この世界、地球と同じような物も多いけど、ファンタジー要素もたくさんある。魔物もいるし、ミスリルみたいな金属もある。

「ローデリック様のお茶くみ人形は、俺の知らない素材で作られた可能性が高いな」

俺はガーデンパーティーで見たお茶くみ人形を思い出し、スケッチブックに描いてみた。

《ローデリック公子のお茶くみ人形
マクレゴン公爵家のローデリック公子が、所有する工房に命じて作らせた人形。元となるデザインは、アレン・ラントペリーが絵付けしたティーセットの女性の絵。材質はスライム粘土》

「ふむふむ……スライム粘土？」

スライムって、あのゼリー状の魔物のスライムか？　……なるほど、魔物素材か。それなら、俺の知らない製法で、プラスチックみたいな素材もありうるのか。

でも、どこで手に入るんだろう？

俺の家は服飾品を主に扱う商会だけど、今では多方面に手を伸ばして商売になるなら何でも扱う状態になっているから、素材に関する知識は人より豊富に持っていた。その俺が知らない素材ということは、スライム粘土はあまり一般に流通していないはずだ。マクレゴン公爵領は工業が盛んだから、珍しい素材を知っていたんだろうな。

「ローデリック様に直接聞いてみるか？　……いや、でもなぁ」

ローデリック様に問い合わせると、俺がフィギュア制作に本格的に取り掛かると宣言したようにとらえられるかもしれない。

——俺、そんな自信ないぞ。

なにせ、画家チート能力を取り除かれた俺はただの不器用男なのだ。下手《へた》に期待されると後で困るかもしれない。

……フィギュア制作は、気軽に途中で投げ出してもよい状態で進めよう。

「んー、他に誰か、こういう素材に詳しい人、いないかなぁ……あっ！」

粘土に詳しい知り合い、いたなぁ。

俺は磁器の開発で協力したヤーマダさんのことを思い出した。磁器を作るために各地の粘土を調べていた彼なら、何か知っているかもしれない。

王都の外れ。

煉瓦造《れんがづく》りのこぢんまりとした建物の前に、俺は来ていた。

「アレンさん、いらっしゃいませ」

「お久しぶりです、ヤーマダさん」

ここにヤーマダさんの研究室があるらしい。

彼に迎えられて、俺は家の中に入った。

「良い家ですね。庭付きで」

「ええ、仲間たちとお金を出し合って手に入れた家です。人気のないエリアの古い建物とはいえ、王都でこの広さは頑張りましたよ。実験をするときは、ちょっと危険な薬剤とかも扱うので、庭が欲しかったんですよね」

「危険な薬剤……」

「庭があれば、変な実験をして爆発とかしても、余所様《よそさま》に迷惑をかけなくていいかなーなんて、思ったんですよ」

「爆発……？」

えー、なにそれ。

「あ、大丈夫ですよ。保管しているだけで爆発するような物はないはずですから……たぶん」

「たぶん……」

「はっはっは。まあ、錬金術師と言っても、我々にも常識はありますから、そんな危険なことはしてないですよ。それに、大きな家があるお蔭《かげ》で、色々と物を置いておけて便利なんです。それで、私の保管品の中にありましたよ、アレンさんがお探しの物」

「おお、そうなのですか？」

「はい、こちらです」

そう言って、ヤーマダさんは一つの部屋の扉を開いた。

中には、たくさんの石や粘土、珍しい外国の磁器などが置かれていた。

「ここは、ヤーマダさんが集めた物を置かれている部屋ですか？」

「ええ。それで、これがお探しのスライム粘土です」

と言って、ヤーマダさんは棚から光沢のある白いプラスチックのかたまりのようなものを取り出して、俺に見せてくれた。

「スライム粘土は、錬金術師が作る素材です。スライムの核を粉にしたものと、スライムの粘液を混ぜて、錬金窯で作るんです」

「錬金窯……」

窯に材料を入れてかき混ぜると、なぜかお菓子や服まで作れるアレのことかな。

「ある程度修練した錬金術師なら、作れる素材ですよ。材料も、国内の凶悪生物は全部駆除されたとはいえ、スライム程度は田舎《いなか》にわんさかいますからね」

「ふむふむ」

「しかし、一般にはあまり知られていないものです。扱いも難しいですし」

「もしかして、爆発するとか……」

「いやあ、そんな恐ろしいことは起きないですよ。ただ、魔力を通さないと形を変えられないんです」

「ああ、それで、見た感じが粘土と違うんですね」

ヤーマダさんの持っているスライム粘土は、見た目には粘土のような粘っこさがなかった。魔力を通すと柔らかくなるらしい。

「スライム粘土で思い通りの形を作るのは、けっこう難しいですよ。土魔法が得意な人だと向いていますが」

「なるほど」

俺は絵具の顔料の調整でいつも土魔法を使っているから、適性はある方なのかな。

「やってみてもいいですか？」

「はい、どうぞ。この粘土は差し上げます」

「ありがとうございます」

俺はその場で、スライム粘土に魔力を通してみた。

「おぉっ」

魔力を流している間、スライム粘土はぐにゃぐにゃに曲げたり伸ばしたりできるようになった。

しかし――。

「けっこう魔力を吸い取られますね」

「ええ。ですので、扱える人は限られます」

俺は何とか人型っぽい手足のある形を作ってみたが、それだけで自分の魔力の半分くらいを消費していた。魔力は寝たら回復するとはいえ、これはきつい。

「魔力には限りがあるから、手早くやらないと難しそうですね」

「そうですね。自由に形を作れて便利なんですけど、魔力が豊富でしかも土魔法が得意な人でないと扱えないです。その上、製造も、不純物が入らないようにスライムを丁寧に解体して、それに錬金術師が魔力を流して作るので、かなりの高級品ですよ」

「おぉ、そんな高価なものだったのですか。これ、いただいてしまって良かったのですか？」

と、俺は手元の粘土を指して言った。

「はい。実はそれ、私が手作りした粘土の余り物なんです。以前に、磁器の製法が分からなかったときに、スライム粘土も候補に入れて試したことがあって。ただ、制作が大変すぎて実用化できる価格のものが作れず……スライム粘土の実験で、私、一度破産しかけているんですよ」

「そうだったのですね」

そういえば、ヤーマダさんは初めて会ったとき、お金がなくて研究を続けられなくなりそうだと言っていたな。スライム粘土で溶かしていたのか。

「あ、あの、それでですね……実はそのときに自作した粘土の在庫があるんですけど、もしアレンさんが利用されるなら、購入していただけませんかね？」

「え？　いいんですか？」

「はい。私、最近の実験で、またお金がたくさん必要でして。売れるものなら売りたいなぁと」

「分かりました。ちなみに、おいくらくらいで？」

「えっとですね……」

俺はヤーマダさんからまとまった量のスライム粘土を購入した。これだけあれば練習し放題だ。

……問題は、練習したところで俺にフィギュアが作れるのかだけど。

〈弘法筆を選ばず〉の補正がない状態での俺の不器用さを考えると……期待薄だ。俺は、前世で散々絵の練習をしても、ほとんど上達しなかった奴《やつ》なのだ。

器用な人を見つけて頼む方が早い気がする。

優秀な土魔法使いにたくさん練習してもらって、イメージ通りのフィギュアを作ってもらう。

……って、予算いくらかかるよ⁉

ローデリック様も土魔法が得意な誰かに、あのお茶くみ人形の制作を頼んだのかな。もしかすると、魔力による制限があるせいで、あれが限界だったのかもしれない。

うーん、難しい。フィギュア制作は、ここで一旦、保留にしておこうかな。

2 埋もれた才能

フィギュアの制作を保留にした数日後、俺の家にシルヴィアが訪ねてきた。

彼女は、知らない男女二人を連れていた。

客間でコーヒーを飲みながら、用件を聞く。

「こちら、カトゥーさんとサトゥーさん。二人に、画家のアレンを紹介するように頼まれたの」

「初めまして、カトゥーと申します」

小柄で眼鏡《めがね》をかけた女性がカトゥーさんで、

「噂《うわさ》の天才画家にお会いできて光栄です。サトゥーと申します」

ヤンキーっぽいリーゼントのマッチョ男性がサトゥーさんだった。

「初めまして、アレン・ラントペリーです。して、ご用件は？」

「カトゥーさんとサトゥーさんは、二人とも王国武術大会の実行委員なのよ」

「王国武術大会？」

たしか以前、シルヴィアがレヴィントン公爵になる前に、実績を積むために参加したのが王国武術大会だった。

王国武術大会は、王都で毎年開催されているイベントだ。王国の軍人や冒険者などの腕自慢がこぞって参加する。特に国内一が決まる決勝戦の注目度は高く、年末の風物詩になっていた。

シルヴィアは二年前に、公爵位を継ぐ実力を証明するため、この大会に出たことがあった。その繋《つな》がりで、彼女は実行委員と知り合いになっていたのだろう。

でも、何で武術大会の実行委員が、画家の俺を訪ねてくるんだ?

「私ね、今年の王国武術大会の予選を盛り上げるのに協力することになったの。と言っても、主に私がやるのは、特等席で試合を観戦することなんだけど」

「へえ、そうなんだ」

前世で、芸能人がスポーツの試合を観戦しているところをカメラで撮られていたけど、そういうのかな。

有名人に頼んで試合に来てもらって、注目を集める。この世界だと芸能人じゃなくて貴族に頼むのか。箔付《はくづ》けには良さそうだなぁ。

……って、あれ? 武術大会って、たしか女王陛下も観覧していたよな。有力貴族もたくさん観《み》に行ってたし。何でわざわざシルヴィアにだけ特別に頼むんだ?

「実は最近、武術大会の人気が落ちていて、運営としては危機感を抱いているんです」

と、実行委員のサトゥーさんは意外なことを言い出した。

「武術大会が不人気? 昨年の大会もチケットは完売していると伺いましたよ?」

と、俺は聞き返した。

「それは、決勝のことですね。武術大会は決勝のみ女王陛下が観戦される御前試合で、この日の試合はたしかに盛り上がっています。ですが、実はその半年前から予選を行っているんですよ」

「ああ、なるほど。そうだったんですね」

「はい。その予選の参加者が年々減っておりまして。観客席も試合によってはガラガラになることがあったんです」

「はあ〜、そういうことですか」

シルヴィアが盛り上げるように頼まれたのは、予選の方なんだな。

「話題作りに協力することになったのだけど、私が行くだけじゃあまり効果がないんじゃないかって、ちょっと心配なの」

と、自信なさげにシルヴィアは言った。

「いや、武術大会に入賞経験のある美女公爵なんて、これ以上ない人選だと思うよ」

そう俺が言うと、

「え、美女って、そんな……」

シルヴィアは照れたように口元を覆った。言われ慣れてそうなんだけど、シルヴィアは本気で照れているように見える。シルヴィアって、身分が高すぎたせいで周りのガードが固くなって、純粋培養されたようなところがあるよなぁ。

「うぅ……それでね、私がカトゥーさんとサトゥーさんから相談を受けたときに、アレンの名前もあがっていたのよ。王都の人気画家に宣伝してもらえたら、話題になるだろうなって」

「ああ、そうだったんだね」

シルヴィアの言葉に頷《うなず》くと、カトゥーさんとサトゥーさんは姿勢を正して真《ま》っ直《す》ぐに俺の方を向いた。

「本日は武術大会を盛り上げるため、お願いに伺いました。ラントペリー男爵、我々に協力していただけませんか？」

「そうですね……」

シルヴィアはガッツリ参加するみたいだし、彼女の仕事がやりやすくなるように、俺も少し手伝おうかな。

「分かりました。俺もできる範囲で協力します」

「ありがとうございます。では、詳しいご相談を――」

という流れで、俺は王国武術大会を盛り上げる手伝いをすることになった。


武術大会は、王都の一等地にある専用の闘技場で、毎年開催されている。

御前試合となる決勝戦は特に注目が集まり、王都の人々にとって、一年に一度の楽しみとなっていた。一方、予選には、誰でもエントリーできるため面白くない試合も多く、例年だと客席がスカスカという日もあった。

しかし、今年は初戦から熱気が違った。

コロシアムのような会場の中央に、赤いチャイナドレスを着た美女が立っている。

リングを囲む観客皆の視線が、彼女に注がれていた。

「——それでは、これより王国武術大会、予選二日目の試合を開催します」

彼女がそう宣言すると、会場中から拍手が起こり、参加者たちが「うぉーっ」と歓声をあげた。

「まさか本当に着てくれるとは……」

各試合の要所要所で舞台に上がって挨拶をするシルヴィアは、運営から「とにかく目立ってくれ」と頼まれていた。そこで、舞台映えする派手な衣装を、ラントペリー商会が用意することになった。

——ほんの出来心だったんだけどなぁ。

俺は衣装のデザイン画をたくさん描いて、その中に、半ば冗談のつもりでセクシーチャイナドレスを紛れ込ませていた。

赤いチャイナドレスに、首からピンクの羽根で作ったストールをかけた絵だ。

それを店の女性陣が予想外に気に入って、本当に作ってしまった。

ロングスリットのチャイナドレスから、シルヴィアの長い脚が覗《のぞ》いている。

美人で強いレヴィントン女公爵は、闘技場で大人気だった。

予選を盛り上げるため、シルヴィアは毎日闘技場で挨拶して、全試合を観戦することになっている。——思ったより大変そうだ。

「ふぅ、ただいまー」

「おかえり〜」

舞台から戻ってきたシルヴィアが俺の隣の席に座った。

カトゥーさんとサトゥーさんが用意してくれた席は特等席だったけど、同時に他の観客から俺たちも見られる位置にあった。

今も、ちらほらと周囲からの視線を感じる。俺じゃなくてシルヴィアを見ているんだろうけど。

「アレンのポスター、好評だったみたいね。今年はお客さんが増えたって、カトゥーさんが喜んでいたわよ」

「いやいや、ほとんどシルヴィアの手柄だと思うよ」

予選が始まる前、俺は武術大会を告知するポスターを描いて、それを各所に貼ってアピールしていた。

そのポスターの効果かシルヴィア人気か、例年よりお客さんは確実に増えているようだ。

「ともかく、盛り上がってて良かった。俺も引き続き頑張らないと」

そう言って、俺は大きなスケッチブックを取り出した。

「選手の絵を描くの？」

「うん。各試合の注目選手を描いて、それを印刷してポスターとか〝ちらし〟とか、色々作るんだ。決勝戦では、会場の入り口に俺の作品を展示するスペースも作ることにもなってて。そのためにも、たくさんスケッチしておくんだ」

「お〜、ずいぶんやる気だね」

「うん、なんか楽しくて」

転生してから美女の絵ばかり描いてきたけど、筋骨隆々の戦士が戦う姿を描くのも面白かった。

「今日はサトゥーさんから有望選手の情報を聞いてきたんだ。その人たちを中心に描くつもり」

「へえ〜、後でスケッチブックを見せてね」

などと話している間に、試合が始まる。

目当ての選手が出るまで、しばらく無名選手の試合を観戦した。


ガキンッ！

剣と剣が激しくぶつかる音が響く。

間近で見る試合は大迫力だった。

激しい魔法の打ち合いから肉弾戦まで、異世界の戦い方は様々だ。

「うお〜」

「いけーっ！」

リングに上がってくる選手たちは、見た目も派手で独特な人が多かった。

今も、世紀末モヒカンみたいな大男が、相手選手を宙へと投げ飛ばしている。

「アタタタタタタタ」

彼は間髪入れず、弾丸のような拳を対戦相手に叩《たた》きつけた。

「わ〜」

パチパチパチ……。

大技を繰り出した選手に、観客は惜しみなく拍手を送っていた。


「お、次の選手は要チェックの人だ」

何試合が見た後で、サトゥーさんに教えてもらった有望選手の番が来た。

「スキンヘッドの彼ね。たしかに強そうだわ」

と、シルヴィアが言う。

現れたのは、某漫画に出てくる海坊主のような、非常に体格の良い選手だった。

「相手次第では、初戦からハイレベルな試合になりそうね」

彼の対戦相手も、大柄な選手だった。まだ若く装備は地味だが、体格はがっしりしている。こっちの頭髪はかなり毛量が多く、茶色の巻き毛で目が半分隠れていた。……ちょっと動物のアルパカに似ているかも。

「海坊主VSアルパカか。面白そうだな」

「え？　アレン、何か言った？」

「いや、何でもないよ……」

変なこと呟《つぶや》いてしまった。

俺は誤魔化《ごまか》すようにスケッチブックのページをめくった。

試合が開始される。

「アースバレット！」

アルパカ選手は土魔法中心で戦うらしい。全方位から土の弾丸を飛ばし、いくつもの土の玉を正確に操作していた。

「ふんっ！　そんなものは効かん！」

だが、頑丈な海坊主選手は、それらを全て撥《は》ね除《の》ける。

アルパカ選手はさらに、海坊主選手の足元に泥沼を作り出したり、土煙で目眩《めくら》ましをしたり、多彩な攻撃をしてみせた。

しかし、海坊主選手の力の前に、小手先の技は次々と破られていく。

見た目にはどちらもがっしりして強そうに見える二人だが、実際のパワーにはかなりの差があったらしい。

「そりゃあっ！」

「ぐっ……」

海坊主選手に投げ飛ばされて、アルパカ選手はリング外に放り出されてしまった。

海坊主選手の勝利。

観客は盛り上がり、喝采を送った。

「うおぉぉぉぉ」

「よくやった」

「まず一勝！」

注目選手の海坊主が期待通りの活躍をしたことに、観客は満足しているようだった。

「…………」

だが、シルヴィアだけは顎に手を当てて何か考え込んでいた。

「どうしたの？　シルヴィア」

「いいえ、負けてしまったけど、彼の土魔法はかなりの腕だったなと」

「そうなの？」

「うん。バラバラの土の塊を自由自在に動かしていたでしょ。あれは実際にやろうと思うとかなり難しいわよ」

「そうなんだ。あっさり負けたように見えたけど」

「見た目はパワータイプだけど、実際は少ない魔力で効率的に多彩な攻撃をする、器用さで戦うタイプだったからね。本当に魔力も筋力も強い実力者相手にはどうにもならなかったんじゃないかしら」

「器用な土魔法……」

なんか最近、そんな人材を探していたような……。

いや、面識も何もない人に、いきなり「美少女フィギュアを作りましょう！」なんて依頼できるわけないいか。……試合に集中しよう。

それから、一時間ほど試合を観たところで、俺は先に席を立った。

「ふう～。ごめんね、途中で帰っちゃって」

予選は丸一日続くので、さすがに全部は見きれない。

目当ての選手の試合が終わると、俺は家に帰ることにした。

「途中まで送るわ」

と、シルヴィアも俺についてきてくれた。

会場盛り上げ役のシルヴィアだが、試合は朝から晩までぶっ通しの長丁場なので、途中で多少席を外しても構わないことになっていた。

「ふぅ。ずっと座りっぱなしはキツかったわね」

と言って、彼女はグッと伸びをした。

チャイナドレスでそれをやると、なかなかのセクシーポーズ……げふんげふんっ。


闘技場のアーチ状の出入り口をくぐって外に出ると、俺の耳に激しく口論する声が聞こえてきた。

「そんな、急に何でそんなことを言うんだよ⁉　一緒に村を出てきた仲間だろ！」

「うるさい、何度も言わせるな！　ルパーカ、お前はパーティーから追放だっ！」

……へ？

闘技場前の広場で、イケメンっぽい金髪の冒険者が、別の男性を突き飛ばしていた。

イケメンの左右には、剣士風の女と魔法使い風の女がくっついている。どちらも肌の露出が激しい服装だ。

一方の突き飛ばされた男性には見覚えがあった。——さっき試合に出ていたアルパカさんだ！

「武術大会の予選一回戦で負けるような弱者は、このパーティーに必要ないんだよ」

イケメンは蔑んだ目で、馬鹿にしたようにアルパカさんに吐き捨てる。

「ぐっ……」

アルパカさんは倒れたまま拳を握りしめた。

「一緒に村から出たよしみで今までパーティーに入れてやっていたがな、実力のない奴《やつ》はこれ以上置いておけないんだ」

「ほんと、私もルパーカがいなくなってくれたら清々するわ」

「ルパーカ、嫌……」

イケメン側についた女性二人がアルパカさんに追い打ちをかけた。

「そんなこと言うなよ！　一緒に村を出て、皆で成り上がろうって誓ったじゃないか！」

「うるさい！」

イケメンはさらにアルパカさんを蹴った。

「うっ、痛っ、やめて……」

奴は一方的にアルパカさんに殴る蹴るの暴力を振るった。

「ちょっと、何やってるのよ！」

見るに見かねて、シルヴィアがアルパカさんを助けに入る。

「何だてめぇ？　関係ねー奴が入ってくんな――って、えええぇぇぇっ!?」

オラついていた男は、シルヴィアを見て目を丸くした。

そりゃ、チャイナドレス着た美女が突然割って入ったら、そうなるかぁ。

「暴力はダメでしょ。一方的に人を殴って」

「……あ、はい」

奴はピタッと動きを止めて、急に大人しくなった。彼はシルヴィアをジロジロと見て、鼻の下を伸ばしている。遠目で誤認してたな。近くで見ると彼はイケメンではない。〝ぬりかべ〟みたいな顔だ。

「ちょっと、クロード」

「なに他の女に見惚《みと》れてるのよ」

「もう、行くわよ、クロード！」

男の態度に腹を立てた取り巻き女性二人が、強引に彼を引っ張った。

「うお、おい、何するんだよ！　引っ張るなって。俺はまだルパーカに言ってやることがあるんだ。……って、力……強いなお前ら……」

「もう行くわよ！　とにかくこの場から離れるわよ！」

「ガチ美女の隣に並んで公開処刑とかされてたまるか。さっさとずらかるのっ！」

女性二人の力業で、ぬりかべたちはどこかへ去っていった。

「……何これ、どういう状況？」

後には俺とシルヴィア、アルパカさんの三人が残された。

「うぅ……」

「大丈夫ですか？」

俺は、とりあえずアルパカさんを助け起こした。

「ありがとうございます。あなた方は……？」

「俺は、アレン・ラントペリーと言います。こちらの女性はシルヴィア様です」

これ以上アルパカさんを混乱させたら悪いので、俺はひとまずシルヴィアの身分を伝えずに名乗った。

「アレンさんとシルヴィア様……オラはルパーカと言います」

「ルパーカさん、初めまして。……さっきの人たちは？」

「オラのパーティーメンバーです。オラたちは東の田舎《いなか》の村出身で、幼馴染《おさななじみ》で冒険者パーティーを組んで村を出たんです」

「冒険者……」

冒険者か。前世で見てたファンタジー作品の定番職業だ。

この世界はちょっとファンタジーが入っているけど、俺がいるロア王国周辺では、危険な魔物の討伐が完了している。俺の身近で、魔物との命がけのバトルなどは行われていなかった。でも、辺境へ行けばまだまだ未知の世界が広がっていた。

だから、文字通りの冒険者や探検家なんかも存在する。

ただ、多分ルパーカさんがやっていた冒険者というのは、もうちょっと緩いものだ。少し強めの魔物が生き残っている地方や、意図的に残されたダンジョンなどに行って、貴重な素材になる魔物を狩っていたのだと思う。

良い獲物が狩れると一攫千金《いっかくせんきん》を狙えるから、跡取りでない農家の子どもなどで冒険者を目指す人は多いそうだ。

「幼馴染と一緒に田舎を出たけど、クロードと女の子二人がイチャイチャするようになって、オラの居場所がなくなって……武術大会で負けたことで、クロードはついにオラと縁を切ると言い出しました」

「なるほど」

「酷《ひど》い話ね」

ルパーカさんの事情を聞いて、シルヴィアが憤った。

「……でも、クロードのパーティーを追い出されたら、オラは仕事がなくなってしまいます。貯金もないし……何とか謝りに行かなきゃ」

他に選択肢がないというように、ルパーカさんは言った。

俺とシルヴィアは顔を見合わせる。

優秀な土魔法使いに仕事がない？　何か変だぞ。

初対面の部外者が口をはさむような内容ではないが、このまま行かせるのはまずい気がした。

「ちょっと待ってください」

俺はルパーカさんを引き留めた。

前世であれば深入りできず見逃したところだけど、今の俺には〈神眼〉が使える。

「慌てて動いてもいいことはありませんよ。えーっと……」

俺はその場で〈メモ帳〉を開いた。さっき、海坊主選手のスケッチをしたときに、対戦相手のルパーカさんも描いていたのだ。

《ルパーカ　十九歳　冒険者
冒険者パーティーを追放された男。土魔法が得意。彼の元パーティーリーダーは、冒険の報酬を自分勝手に分配しており、ルパーカには正当な報酬が支払われていない。ルパーカが頭を下げれば元のパーティーに戻れるが、搾取が続くだけである》

ああ、やっぱり騙《だま》されてる！　ルパーカさんを元のパーティーに戻しちゃいけないな。

「な……なんですか？　今、視線が中空で変な動きをしていたように見えたんですけど？」

「あははは……俺、考え事をするとき、ちょっと変な癖が出るんです。——ところで、さっきの男のあなたへの態度は、傍目《はため》にもかなり酷いものでしたよ。あのような者と縁を切れるなら、切ってしまった方がよいように思うのですが……」

俺がズバッと切り込むと、ルパーカさんはうつむいた。

「でも、オラ一人じゃ何もできねぇ……パーティーを追い出されたら、仕事がなくなります。貯金もないし、今日泊まる場所さえ……」

俺とシルヴィアは再び顔を見合わせた。

「泊まる場所なら、私の屋敷の空いている使用人部屋を貸してあげるわ」

「え？」

シルヴィアは困っているルパーカさんを放っておけなくなったらしい。大貴族の彼女が面倒を見るなら心強いな。っていうか、そもそも優秀な土魔法使いがここまで困っているのがおかしいのだけど。

「じゃあ、俺も仕事を頼もうかな。ちょうど、土魔法が得意な人を探していたんだ」

フィギュアの制作、土魔法使いに頼むのは難しいと思っていたけど。いい機会だし、俺はルパーカさんに依頼してみることにした。

うまくいってローデリック様に買い取ってもらえたら、ルパーカさんの貯金を一気に増やすこともできそうだしね。

翌日。
俺はルパーカさんに、俺のアトリエに来てもらった。
「昨日は失礼しました。シルヴィア様のお屋敷に連れて帰られるまで、お二人が貴族であると気づけず、ご無礼を……」

ルパーカさんは俺に向かってガバッと頭を下げた。

「いいんですよ、俺が言わなかったんだし。特にウチは成り上がりの元商人なので、気を遣わないで」

「いえ……すみません、ありがとうございました」

「気にしないでください。それより、今日はちょっと俺の実験に協力してもらいたいんです」

「実験、ですか？」

「はい。これなんですけど……」

俺はルパーカさんにスライム粘土と何枚かの絵を見せた。

「すごい絵ですね。前後左右から、同じ人物の絵をものすごく正確に描いてある」

前世で見た手作りフィギュア制作動画で、作りたいキャラクターの絵を近くに置いて作業していたので、資料になりそうなものを俺は先に準備していた。

「この絵の通りの人形を作りたいんです。材料はこっちの粘土で、魔力を通すと動かすことができる特殊な素材です。難しい作業だから、ゆっくりやってもらっていいんですけど」

「分かりました。やってみます」

ルパーカさんはそう言うと、スライム粘土に魔力を通した。

「おお、すごい。魔力を通すと急に柔らかくなりました。面白い素材ですね。ふむふむ……」

彼は初めて扱う粘土を器用にこねて、するすると形を作っていった。

「……え？」

あっという間に、キャラクターの大まかな形ができあがっていく。

はっきり人と分かる形になった人形を手に、ルパーカさんは一旦作業を中断してこちらを見た。

「すみません、オラの魔力だとこの辺で一度休憩が必要です」

「あ、大丈夫ですよ。その粘土、かなり魔力を食うので。それより、初めて作るとは思えないほど器用に進められましたね」

びっくりだよ。前に俺が同じくらい魔力を流して作れたのは、腐りきったゾンビみたいな不気味な人形だったのに。

「ありがとうございます。へへ……子どもの頃、村で泥遊びしていたのが役に立ちました」

と、嬉《うれ》しそうにルパーカさんは言った。

「オラ、小さいときからどんくさくて、同年代の仲間に入れなくて、一人で土人形を作って遊んでいたんです。そしたら、近所のおじさんが、オラの土人形を焼いて土器にして民芸品にしたんです。旅人に売れて、嬉しかったなぁ。……まあ、その後、お駄賃を要求したら、『遊びで金を取る気か』と怒られたんですけど。そんなもんですよね。それで、最初は遊びでやってた人形作りも、おじさんにあれこれ言われて忙しくなるし、かといってお金になるわけでもないし、このままじゃいけないなぁと思っていたところに、同じ村のクロードが声をかけてくれて。一念発起して村を出ました。……でも、そこでもオラはうまくやれなかったんですけど。へへへ」

――ん？

「でも、色々な経験って、無駄じゃないですよね。こうして、オラの人形作りがアレンさんのお役に立てるなら嬉しいです」

「あ……ああ、そうですね。助かります。ルパーカさんとなら、すぐに俺の作りたい物を制作できそうです。俺が作りたいのは、これこれこういうサイズでポーズはこうで……」

「はい……はい……やってみます」

という感じで、ルパーカさんに協力してもらったことで、俺のフィギュア制作は急速に進み出した。


マクレゴン公爵邸。

ローデリック公子の前に改良されたコーヒーメーカーがお披露目《ひろめ》されていた。

魔力を流すと自動でコーヒーを注ぐポットを持っているのは、アニメ風の美少女フィギュアだ。

「ふわぁ、完璧だよ。ありがとう、ラントペリー氏！　ラントペリー氏とルパーカ君の尽力で、理想のコーヒーメーカーが作れたよ」

ルパーカさんがスライム粘土で形を作り、俺がデザインと着色を担当した美少女フィギュアは、コーヒーメーカーの上でほほ笑みながらポットを傾けていた。

「はあ……素晴らしい。この反りの強い腰のラインや指先の繊細さ、華奢《きゃしゃ》な女の子の描写が完璧だ。ちょっと首を傾《かし》げた仕草も可愛《かわい》い」

ローデリック様は瞳をキラキラさせて人形に見惚れていた。

「ラントペリー氏の圧倒的なデザインセンスと、それを忠実に再現できるルパーカ君の技術が組み合わさって、最高の人形ができたね。二人ともありがとう。僕のコレクションにまた歴史に残る名品が増えてとっても嬉しいよ」

「お気に召すものが作れて私たちも嬉しいです」

「うんうん。僕、昔は機械や魔道具の設計図を書くことにしか興味がなかったんだけど、ラントペリー氏に出会って、たくさんの素晴らしいものを知ることができたよ。名画で家のギャラリーを満たして、版画も集めて……それから、妻の影響で家に巨大なワインセラーを作って……それで、今度は素晴らしい人形にも出会えた。今後は人形のための展示部屋も作って、ガラスケースを用意して、照明魔法で演出できるようにして、それから、それから……あー、とにかく、僕、これからは人形もたくさん欲しい！　集める！」

お茶くみ人形フィギュアを気に入ったローデリック様は、俺たちにたくさんの報酬と、さらには追加の注文までくれたのだった。

マクレゴン公爵邸からの帰りの馬車の中。

「公子様に気に入っていただいて良かったですね、アレン様」

「そうですね。これで、ルパーカさんの貯金を増やせて一安心です」

「あ……あの、オラ、もらいすぎですよ。こんな大金、見たこともない」

「ルパーカさんが頑張った成果ですよ。独立のための大事な資金でもあります」

「独立……そうだ、オラ、シルヴィア様にも迷惑をかけているんだった」

今のルパーカさんはシルヴィアのところに居候しているけど、いずれは出る必要がある。

彼はレヴィントン家で庭仕事や掃除などを手伝っているそうで、そのまま使用人として雇う案もあった。でも、シルヴィアが言うには、ルパーカさんの土魔法を活《い》かせない使用人になるのはもったいないらしい。彼の土魔法は物作りにすごく使えるから。

「まあ、もうしばらくはシルヴィア様のところで貯金を続けて、これからどうするかを決めると良いと思いますよ。ローデリック様から追加の人形の注文も入りましたし、当分は人形制作だけでも暮らしていけそうですが。でも、材料のスライム粘土は高価なものだから、無駄遣いには注意してくださいね」

「は……はい。アレン様、本当にありがとうございました。実は、あの後、オラの元いたパーティーの噂を聞いたんですけど、依頼に失敗して解散したらしいんです。パーティーリーダーだったクロードは大怪我《おおけが》した上に違約金の支払いまで必要になって、借金取りに追われているとか。オラは、結果的に紙一重でパーティーから抜けることができました」

「それは、危なかったですね」

「はい。それだけじゃなく、実は、オラがいた村も、オラたちが出た後、土産物《みやげもの》作りがうまくいかなくなったそうで。商人に不良品を納品して、詐欺で訴えられたとか。それで信用をなくして、お金が稼げず苦労しているらしいです」

「……へぇー」

「オラもいつまた大変な目に遭うか分かりませんから、しっかり貯金して、土魔法の腕も磨いていきたいです。あの、アレン様、スライム粘土、今回の報酬の半額分くらい買わせてもらえませんか？」

「ああ、いいですよ」

スライム粘土は、足りなくなればヤーマダさんや彼の仲間の錬金術師に注文していた。

「それと、顔料も欲しいです」

「顔料？　ああ、そうですね」

ローデリック様に納品したフィギュアは、形をルパーカさんが作って、着色は俺がやっていた。

だが、ルパーカさんが独立するには、着色も自分でできた方がいい。

「お忙しいアレン様に、今後の人形全部の着色をしてもらうわけにいかないですし。オラ、一人で人形を完成できるように練習します」

「そうですね。顔料の調整も、土魔法が得意なルパーカさんならすぐ覚えられると思いますよ。アトリエに戻ったら教えますね」

「ありがとうございます、アレン様。オラ、たくさん練習して、魅力的な人形を作れるように頑張ります！」

決意を込めてルパーカさんは言った。

ふうむ。今のところうまくいっているけど、スライム粘土の仕入れとか、報酬とか、しばらく俺も見ておいた方がいいかもな。

なんか、ルパーカさんに不当な扱いをすると、後でものすごいしっぺ返しが起こりそうな気がするし。

変なフラグを立てないように気をつけようと、俺は思うのであった。

3 彼女の好きな人形

ローデリック様にお茶くみ人形を納品した数日後。

俺はシルヴィアに、レヴィントン公爵邸に呼び出されていた。

「……アレンに、確認してもらいたいことがあるの」

いつになく深刻な顔でシルヴィアは言った。

どうしたんだろう？

シルヴィアは俺を、いつもの部屋ではなく、普段行かない使用人エリアへと連れていった。


「ルパーカさん？」

使用人エリアの一つの部屋の前に、ルパーカさんが立っていた。

「アレン様……」

ルパーカさんはとても気まずそうな顔をしていた。

「ここは？」

「ルパーカさんの部屋よ」

「ルパーカさんの……」

俺はふと嫌な予感がした。

――ルパーカさん、フィギュアの制作を頑張るって言ってたなぁ。

「隣室に住んでいるメイドが彼の様子を見に行って発覚したんだけど……」

と言いながら、シルヴィアはルパーカさんの部屋の扉を開いた。

そこには、たくさんのフィギュアが置かれていた。

どれも、見事な出来だ。

生き生きとした可愛《かわい》い美少女たち――。

スカートのちょっと短い美少女――。

ロリっぽい美少女――。

巨乳美少女――。

「……どういうことか説明してくれるかしら、アレン」

――ふぎゃあああああああっ！


シルヴィアが不審がった原因の大きな部分は、美少女フィギュアを発見されたルパーカさんが何も説明できずにアタフタするばかりだったからだ。

彼の態度が、フィギュアをよりヤバい物と印象付けてしまったのである。

俺はこれまでの経緯をシルヴィアに説明して、フィギュアがルパーカさんの商売のタネになっていることを理解してもらった。

「――そう。ローデリック様の注文品を作るための練習だったのね」

シルヴィアは何とか納得してくれたものの、まだ少し嫌そうだった。

「アレンたちが新しい芸術品を作って、それをローデリック様が保護しようとされているのは理解できたわ。……でも、その人形、私はちょっと苦手かも」

美少女フィギュアを見るシルヴィアは、ちょっと引いている様子だった。

「ご……ごめんね。シルヴィアの家でこんなの作って」

「いいのよ。好みは人それぞれだし……」

とは言うものの、ルパーカさんの引っ越しは早めにした方がいいかもしれないなぁ。美少女フィギュアにドン引きする女性がいるのは、仕方ないような気もするし。

――いや、でも、これでフィギュア全てを否定されるのは悲しいなぁ。

俺は同じくしょんぼりした顔のルパーカさんの肩にポンと手を置いた。

「ルパーカさん、俺からも、新しい注文をしたいんですけど、いいですか？」

「へ？　あ、はい……」

俺はルパーカさんの耳元で囁《ささや》く。

「このままじゃ終われない。ルパーカさんも、そう思いますよね」

「……へ？」

シルヴィアにもフィギュアの魅力を理解してもらう！

俺はそう決意して、行動を開始した。

王国武術大会、決勝戦を翌日に控えた昼下がり。

闘技場のエントランスに、大きな壁画が描かれていた。

「ようこそいらっしゃいました。レヴィントン公爵、ラントペリー男爵、ルパーカさん」

武術大会実行委員のカトゥーさんとサトゥーさんが出迎えてくれた。

今年の武術大会決勝では、エントランスの広いスペースに出場選手をモデルにした絵の展示を行い、イベントを盛り上げることになっていた。

決勝戦前日、俺たちは展示の最終確認に来ていた。

「すごい壁画。この選手たちは、全部今年の？」

今日初めて展示を見たシルヴィアが、興奮気味に俺に尋ねた。

「うん、決勝出場者。シルヴィアと一緒に観戦したときのスケッチが元だよ」

予選を見学したときのスケッチを元に、有力選手たちが戦う姿を描いた壁画は、前世のバトル漫画を参考にして、デフォルメの強い絵に仕上げた。遠近感を強調して選手の拳や武器を大きく描き、効果線のような赤い闘気で選手の動きに勢いをつけ、なかなか迫力のある絵が描けたと思う。

「素晴らしい作品ですね。ラントペリー男爵に依頼して本当に良かった」

「圧巻の出来ですよ〜。迫力に感激しました」

実行委員の二人にも、満足してもらえた。

「さらに、絵だけでなく立体作品でも選手を表現していただけるとは。ラントペリー男爵のアイデアは素晴らしいですね」

壁画の前には、たくさんのフィギュアが展示されていた。

「この人形は全部、ルパーカさんが作ったのね？　以前は変に騒いでしまって申し訳なかったわ。こういう作品を制作するために練習していたのね」

と、シルヴィアが言った。

「はい。アレン様に各選手像の正確なデザイン画を描いていただき、それを元に仕上げました」

ルパーカさんが答えると、サトゥーさんがフィギュアに顔を近づけるようにして、

「なるほど〜。デザインやポーズの監修はラントペリー男爵がなさったのですか。どれもかっこいいですね」

と言った。

「そうですね〜。このイケメン選手なんて、本物よりかっこいいかもしれませんよ。私、このまま持って帰りたいくらいだわ」

と、カトゥーさんも気に入った様子だった。

——よしよし、狙い通り、女性のカトゥーさんにもウケているな。

シルヴィアに美少女フィギュアが受け入れられないなら、イケメンのフィギュアを作ればいい。

武術大会の出場選手にはかっこいい人が多かったから。俺は彼らをモデルにルパーカさんとイケ

メンフィギュアを作りまくった。

刀を構えてポーズを取り、炎のエフェクトをまとった剣士。

まだ幼さの残る半ズボンの魔法使い。

胸筋がものすごいマッチョな格闘家。

これだけ作れば、シルヴィアの好みのフィギュアもあるはずだ！

俺はそう思ってニヤニヤしながらシルヴィアの方を見た。だが——。

「リアルで迫力のある人形だけど、何だかちょっと露出が多くない？」

と、彼女は困惑していた。

「シルヴィア様、そこが良いんじゃないですか！　戦士の鍛え上げられた肉体！　ショタの眩《まぶ》しい脚！　これ以上ないってくらい素晴らしい作品ですよっ」

カトゥーさんが熱弁する。

「そ……そうね。武術大会を観戦に来るお客さんも、きっと喜ぶわ」

うーん、カトゥーさんの勢いに、シルヴィアは若干引いていた。

カトゥーさんにはイケメン戦士フィギュアがウケたけど、シルヴィアの反応はイマイチだなぁ。女性ウケを狙ってみたけど、うまくいかないもんだ。

——まあ、フィギュア自体は良い物が作れたし、それで良しとするか。

それに、このフィギュアを制作している間に、ルパーカさんの進路も決められた。

武術大会が終わったら、ルパーカさんはマクレゴン公爵領へ行く。ローデリック様が抱える技術者集団の一人として召し抱えられたのだ。

フィギュア制作で才能を発揮した彼は、同時に、スライム粘土を自在に操れることも証明していた。スライム粘土は魔道具の細かいパーツを作るのに使えるらしい。彼の土魔法の実力があれば、マクレゴン領で引っ張りだこになりそうだ。

ローデリック様は良い人だし、待遇も確認したから、もうこれで変なフラグが立つこともないだろう。

そんなことを思いながら、俺はルパーカさんの方を見た。

彼は緊張した面持ちで、シルヴィアに声をかけていた。

「あ……あの、シルヴィア様」

「ルパーカさん、どうしたの？」

「ちょっと、ご報告したいことがあって」

「報告？」

ルパーカさんは、ローデリック様の下で働くことをシルヴィアに伝えた。

「――それで、マクレゴン領に引っ越して、安定した生活ができる目途が立ちました」

「まあ、それは良かったわね。私も一安心だわ」

「ありがとうございます。シルヴィア様がお屋敷に住まわせてくださったお蔭《かげ》で、オラは落ち着いて仕事を探すことができました。本当に、感謝しています」

「いいのよ。お役に立てて良かったわ」

「あの……それで、感謝の印に、オラ、人形を作ったんです。受け取ってください！」

ルパーカさんはそう言って、手のひらサイズのウサギのフィギュアをシルヴィアに差し出した。

ウサギは二本脚で立ち上がり、小さな前脚を胸の前でちょこんと揃《そろ》えている。

「まあ、可愛い！」

シルヴィアの顔がパッと明るくなった。

「ありがとう、大切にするね」

彼女は優しく両手で人形を包み込んだ。

ま……まさかの、ウサギが正解だったのかっ⁉

俺は心の中で絶叫する。

——俺のイケメンフィギュアが、ウサギに負〜け〜た〜っ！


武術大会決勝の翌日を、俺は休みにしていた。

アトリエの机に座ってボーッとする。

俺とルパーカさんの展示は、闘技場を訪れた人々にも好評だった。

ルパーカさんは訪れた貴族から新たな注文を受けて、マクレゴン領に行ってもフィギュアの制作を続けるそうだ。

宣伝のポスターや展示、シルヴィアの活動もあって、今年の王国武術大会は、例年以上の盛り上がりを見せることができた。

「頑張った結果が出て、良かったなぁ」

俺は机に突っ伏して呟《つぶや》いた。


「お兄ちゃん、いる？」

そこで、フランセットが部屋に入ってきた。

「暇なら遊んでよ、お兄ちゃん」

妹は俺が今日休みなことを知ってやって来たらしい。

「いいよ。何して遊ぶ？」

「うんとね、お兄ちゃん、器用でしょ？　お裁縫で、ミユちゃんのお友だち、作ってほしい」

フランセットはそう言って、俺の前にウサギの縫いぐるみを差し出した。

――ウサギ……ぐぬぬぬ……。

白いウサギの縫いぐるみを前に、俺は一昨日《おととい》の敗北を思い出して歯がみした。

「お兄ちゃん？」

「あ、いや。お兄ちゃん、裁縫が得意ってわけでは……」

「えー、前に刺繍《ししゅう》してくれたとき、すっごく上手《じょうず》だったじゃない」

「あーそれは……」

平面に描く刺繍は、〈弘法筆《こうぼう》を選ばず〉スキルでチートできたからなぁ。

でも、刺繍ができたんだから、うまくやれば縫いぐるみも作れるだろうか。それなら、昨日のウサギフィギュアへの個人的なリベンジになるけど……。

「分かった、作ろう」

俺はウサギの縫いぐるみを作ってみることにした。


「まずは、型紙だな」

俺は大きな白い紙を用意した。

型紙なら平面に描く絵だと思ってそれっぽいものが作れる。型紙があれば、縫うのが下手《へた》でも何とかなるだろう。

俺はチートを利用して、ささっと型紙を作った。

「これに合わせて布を裁断して……」

そうして、俺は作業を進めた。


「……あれ？　布が綺麗《きれい》に切れない、ギザギザに……」

「……縫い目が歪《ゆが》むなぁ。真《ま》っ直《す》ぐにならないぞ……」

「綿を入れて……ウサギの耳が変な方向に曲がる……」

縫い上がったウサギは、ふにゃふにゃして不細工だった。

「お兄ちゃん、これ、ウサギ？」

「う……いや、まだ完成していないよ」

俺は、刺繍なら上手にできるんだ。目鼻を可愛く入れれば少しはマシになるだろう。

「顔をつけて……そうだ！　足元に肉球も入れよう。ハート形にして……これでだいぶ可愛くなったはずだ」

縫いぐるみは顔を入れると何とか見れるようになった。だが――。

「お兄ちゃん、ウサギさんに肉球はないよ」

「何だってぇっ!?」

ウサギに肉球はなかったらしい。変なものを付けてしまった。

「うう、やってしまった」

俺はガックリと肩を落とした。

そのとき、メイドのエイミーが部屋に入ってきた。

「アレン様、お客様です。シルヴィア様がいらっしゃいました」

「分かった。客間だよね、すぐに行く」

「いえ、こちらにいらしています」

「え？」

振り返ると、アトリエのドアの前にシルヴィアが立っていた。

「フランセットちゃんと遊んでいるって聞いたから。中断させたら悪いかなと思って」

「ああ、いらっしゃい。散らかってるけど、どうぞ」

「お邪魔します」

シルヴィアはアトリエに入ってきた。

「シルヴィア様、いらっしゃいませ」

「フランセットちゃん、こんにちは。何をしていたの？」

「えっと、お兄ちゃんにウサギの縫いぐるみを作ってもらっていました」

「縫いぐるみ？　アレン、お裁縫までできたの？」

「いや、やってみたんだけど、失敗で――」

「見せて！」

「あ、いや……」

俺は咄嗟《とっさ》に縫いぐるみを身体《からだ》の後ろに隠した。だが、シルヴィアは回り込んで俺の手から縫いぐるみを取り上げた。

「ちょっと、シルヴィア！」

「おお、これ、アレンが作ったの？」

「……うん。初めてだから、下手くそだろ？　ウサギに肉球はないらしいし」

「初めて……」

シルヴィアはジッと手元の縫いぐるみを見た。

「欲しい！」

「へ？」

「ダメ！　これは、私が作ってもらったんだよ」

フランセットはそう叫んで、シルヴィアから縫いぐるみを取り上げてしまった。

「こら、フランセット！　お客様に失礼なことをするんじゃありません」

「だってぇ……」

フランセットは縫いぐるみをギュッと胸に抱いている。

「ああ、ごめんね、フランセットちゃん。そっか、フランセットちゃんのか……」

と、シルヴィアはとても残念そうに言った。

「こんな変な縫いぐるみ、欲しがらなくても……」

「だって、アレンの初めて……」

ボソリとシルヴィアが言う。

「何だって？」

「ううん。手作り、味があって素敵だよ」

「そうかな？　そんなに言ってくれるなら、もう一個作ろうか？」

「本当？　作ってくれる？」

シルヴィアは目を輝かせた。

「そんなに喜ぶ？　分かった、作るよ」

「やった、ありがとう」

嬉《うれ》しそうにするシルヴィアの隣で、俺は二つ目の縫いぐるみの制作に取り掛かった。

「――よし、今度は肉球付けないぞ」

「えー、あった方が可愛いよ」

「いや、本物には付いてないんだって……」

そんなことを話している内に、俺はここ最近ムキになっていた気持ちが晴れて、スッと楽になる気がしたのだった。

幕間《まくあい》

魔法花火

俺が男爵位をもらって少し経《た》った頃。

とある大きな商館の集まりに、俺は参加していた。

「皆様、本日はお忙しい中、よくお集まりくださいました」

場を仕切っているのは、ブリューノ商会のブリューノさんだった。以前俺もお世話になったことがある、南や西の大陸からコーヒー豆やチョコレートを輸入している交易商人だ。

「女王陛下からのご命令に従うためです。当然、参加しますよ」

「少々、面倒なことではありますが……」

「仕方ありますまい。すでに爵位を得ることに同意したのですから」

と、参加者の実業家たちは、ブリューノさんに答えていた。

俺やブリューノさんを含め、この場に集まった者は八名。皆、新しく男爵位を与えられた実業家だった。

ことの始まりは、一カ月前に行われた大商人への爵位授与だ。

近年、力をつけてきた商人たちを取り込むために、女王陛下は八名の実業家に一斉に男爵の称号を与えた。

これは、従来の貴族と異なり、領地と紐《ひも》づかない名誉称号なのだけど、公式の場での扱いは領地持ちの男爵と同じだった。それに合わせて、俺たちは従来の貴族と同じように振る舞うことを期待されていた。

だが、急に貴族になった商人たちに、子どもの頃から相応の教育を受けてきた貴族と同じ行動をとらせるというのは、何かと大変なことだ。

「すでに皆様のもとにも知らせが行っている通り、夏に行われる建国祭で、その年新しく爵位を授与された者は、女王陛下に魔法花火を披露しなければなりません。我々も、例外なくです」

ブリューノさんがそう言うと、同席する商人たちの表情が曇った。

「私は、金勘定は得意でも、魔法はさっぱりなのですが……」

「私も、今まであまり魔法を使う機会のない人生を送ってきました」

「この八人の中にも魔力の優劣はあるでしょうけど、どちらにしろ皆、貴族様には敵《かな》いませんよ」

皆、急に女王陛下の前で魔法花火を披露しろと言われて、戸惑っていた。

魔法花火というのは、地球のもので例えると、花火とLEDイルミネーションが混ざったような見せ物だった。生活魔法のライトの応用で、夜空を光らせるのだ。

それなりの生活魔法なら誰でも使えるこの世界で、簡単な魔法花火は子どもにも使える程度のものだ。

しかし、女王陛下の前で披露される魔法花火は、そんな子ども騙《だま》しなものではない。

英才教育された貴族の跡取りの魔法花火は、平民の遊びとはレベルが違った。

「幸いなことに、王宮は我々の魔力量を考慮して、本来爵位持ち一人が一つ披露するところ、八人全員で一作品見せればよいとしてくださいました」

と、ブリューノさんが言う。

しかし、この場の人々の表情は晴れない。

「これから皆で集まって練習しなければなりませんね」

「集まって練習？　そのために、スケジュールを空けないといけないのか」

「私の年齢で練習なんてしても上達しませんよ」

皆、不安を口にするばかりで前向きな提案は出てこず、時間だけが過ぎて、その場はお開きとなってしまった。


「困ったことになりましたね」

他の人が帰った後、俺はブリューノさんと少し話した。

「はい。商会の規模的に、私がまとめ役になってしまいましたが、他の方たちも海千山千やってきた実業家です。彼らをまとめるなんて、私には無理ですよ」

と、ブリューノさんはため息をついた。

「このままだと、女王陛下の前で大恥をかく恐れがあります」

「そうですね。恥をかくだけならいいのですが、爵位を与えられながら王家に敬意を払えないのかと非難されでもしたら……」

ブリューノさんの顔が青ざめる。

「何とか、何とかしなければ！」

と、彼は焦ったように言った。

「アレンさんは、普段から貴族相手の商売をしていらっしゃるから、物分かりが良くて助かります。他にも数名は、空気を読んで動いてくれそうですが」

「あのメンバーをまとめて魔法花火の特訓をするとなると、指導を仰ぐ教師の人選も重要になりますね」

「そうですね。あの面子《メンツ》をまとめて教えられる人物……誰に頼めばいいのやら」

ブリューノさんは途方に暮れた。

「そうですね。んー……」

俺の頭にふと、ある人物の顔が浮かんだ。

「最適な人がいるかもしれません。交渉してみます」

俺はブリューノさんにそう言って、教師探しを引き受けた。


レヴィントン公爵家の王都屋敷。

広い庭に、八人の新米男爵が整列して、一人の美しい女性と向き合っていた。

「それでは、今組み立てた魔力を一斉に空へ――」

シルヴィアの声に合わせて、俺たちは両腕を天へと伸ばした。

すると、その手のひらから可愛《かわい》らしいお星様が空へと昇っていく。

「成功よ！」

嬉《うれ》しそうにシルヴィアは言った。

魔法の星は日光の下ではよく見えないけれど、夜間であれば綺麗《きれい》に輝いただろう。

「これなら、建国祭で披露するのに十分なクオリティーだわ。私も去年、公爵に就任した後にやったけど、これくらいできていたら大丈夫だと思うわよ」

「「ありがとうございます。レヴィントン公爵閣下」」

「それでは、今日の特訓はここまでにします。皆さん、自主練も頑張ってくださいね」

「「はい！」」

練習を終えると、新米男爵たちは礼を言いにシルヴィアの周りに集まった。

「シルヴィア様、今日のご指導もありがとうございました。シルヴィア様直々に教えていただき、我々一同、命拾いしましたよ」

と、普段高級品を扱っている上品な商人が言うと、

「本当に、急に女王陛下の前で魔法花火をやれなどと言われても、私は魔法がからっきしで、シルヴィア様がいらっしゃらなかったら、大恥をかいていたでしょう」

恰幅《かっぷく》の良い交易商人のおじさんも同意した。

「私はまだ不安ですね。皆さんの足を引っ張らないといいのですが」

老舗《しにせ》の商会の長《おさ》である白髪の紳士は、なおも不安げだ。

「大丈夫ですよ。皆さんしっかり練習されて上達していますから。自信を持ってください」

シルヴィアは励ますように彼らに言った。

「ありがとうございます、シルヴィア様」

「感謝しております、シルヴィア様」

新米男爵の商人たちは、シルヴィアに次々に感謝の言葉を述べて帰っていった。


そして、その場には俺とシルヴィア、ブリューノさんの三人が残った。

「シルヴィア様、この度はご指導いただき、ありがとうございました。お蔭《かげ》で、我々でも何とか見られる魔法花火ができるようになりました」

ブリューノさんがシルヴィアにそう礼を言うと、

「いいんですよ。これは、私がラントペリー男爵にお世話になったお返しなんです」

と、シルヴィアは答えた。

ブリューノさんは俺の方を向き、

「アレンさんも、ありがとうございました。あなたがシルヴィア様に伝手《つて》を持っていたお蔭で、我々一同、命拾いしましたよ」

と言った。

「いえいえ、全ては、快く引き受けてくれたシルヴィア様のお蔭です」

俺とブリューノさんは感謝の心を込めて、再びシルヴィアを見つめた。

「ちょっと、大げさですよ。もう」

シルヴィアは恥ずかしそうに赤くなった頬《ほお》に手をかざしていた。

二十歳《はたち》の女公爵様は、こういう仕草も初々しくて可愛い。

「本当に、アレンさん、シルヴィア様を紹介してくださって、重ね重ねありがとうございました。私では皆をまとめきることは不可能でしたよ」

と、ブリューノさんは言った。

「そうですか？　皆さん、素直で良い人ばかりでしたよ？」

シルヴィアは不思議そうに首を傾《かし》げていた。

彼女はレヴィントン公爵という俺たちより圧倒的に高い身分で、その上、魔法にも秀でていて強い。だけど、お嬢様育ちで擦れていないせいか、ぽやっとした可愛らしい雰囲気をまとっていた。

――シルヴィアの前では、皆、見事に大人しくなってたなぁ。

俺とブリューノさんは、心の中でもう一度彼女に感謝しておいた。

それから、シルヴィアは真剣な表情で、

「式典の本番では……文句をつけたい人は何をやっても批判してくるでしょうけど、自信を持ってね。あなたたちの魔法は、どこに出しても恥ずかしくない仕上がりよ」

と、励ましてくれた。

「ありがとう、シルヴィア」

シルヴィアの言う通り、俺たちが何をやっても悪く言う人は言ってくるだろう。でも、あまり無様なものは見せられない。

――頑張るぞ！

と、俺は心の中で気合を入れた。


建国祭当日。

宮殿のバルコニーに、女王陛下を筆頭に王族たちが並ぶ。

彼らが見下ろす広い庭には、爵位持ちの貴族の席が敷き詰められ、門の外の大通りには、平民たちが見物に詰めかけていた。

そんなあらゆる身分の人々の視線を集めて、夜空に数々の魔法花火が輝いている。

貴族や騎士たちが一年かけて準備した光のショーは、とても豪華で見ごたえのあるものだった。

オーロラのような光のカーテン、動物形の可愛らしい花火、美しく整えられた幾何学模様――。

見事なショーに、ひっきりなしに歓声があがった。

この行事は王都で暮らす者にとって、一年に一度の楽しみなのだ。

その中で一際大きな称賛を受けていたのは、新しく伯爵になった青年貴族だった。

「すごい、カラフルで豪華な魔法花火だなぁ」

貴族の実力を見せつけられて、仲間の新米男爵たちの緊張が増していった。

「こ……この後に我々がやるのですか？」

「順番に悪意を感じるような……」

俺たちは魔力の少なさを考慮されて集団で一つの演目を見せればよいことになっていたけど、それでも、伯爵級の魔法花火の後では見劣りするかもしれない。

英才教育された魔法エリート青年貴族の中に、魔法に縁のない元商人が交ざるのだ。

こういうの、前世では公開処刑って言われてたよなぁ。どうなることやら。


そうして、いよいよ俺たちの番になった。

「負けてもともとです。精一杯やりましょう」

俺たちは練習通り、空へと手を伸ばした。

天に向かって色とりどりの光の花がゆっくりと昇っていく。

発光するピンクや水色の花の周囲には、黄金の星の光が漂っていた。

俺たちがやったのは、昔からある定番の魔法花火だ。

それは、年月を重ねる内に無駄が省かれ、非常に扱いやすい魔法になっていた。

でも、定番になるだけに、「こういうのでいいんだよ」という美しさと満足感があった。

「花と星？　なんだ、陳腐なものを」

「……いや、でも、綺麗じゃない？」

「ありがちだけど、今まで見た中で一番美しいような……」

人々は狐《きつね》につままれたような顔で、ありふれた花火の美しさに魅了されていた。

定番というのは、もともと良いものだから定番になったのだ。

しかも、今回は〈神に与えられたセンス〉で俺がさらに完璧に調整していた。

「……伝統の再現か。新奇なものに走らず、地に足がついている。良いものを見せてもらった」

ふいに、特等席から声が聞こえてきた。

ワイト公爵だ。

貴族派筆頭、四大公爵家で一番歴史のある家の当主だ。

ワイト公爵に認められて、仲間たちの顔がパアッと明るくなった。

俺たちは無事に魔法を出し終えて、満足げに後ろに下がった。

第7章 天才画家争奪戦

1 ラントペリー本家

ある日、夕食の席で父が俺に言った。

「東のラントペリー本家から手紙が届いた。お祖父様《じいさま》がアレンに会いたがっているらしい」

「本家のお祖父ちゃんが？」

「ああ。お祖父様は少し前に風邪をひいてな。ただの風邪なのに回復が遅く、老いを感じたそうだ。それで、『死ぬ前に立派になった孫の顔を見たい』と言い出したらしい」

「お祖父ちゃん……」

俺は、長らく手紙でしかやり取りのなかった祖父のことを思い出した。

俺の祖父は、ラントペリー本家の当主で、東のノルト王国という国に住んでいた。

ラントペリー商会というのは、もともと東の国が発祥なのだ。それが拡大して外国にも進出するようになり、父はここロア王国で、ラントペリー商会の事業を始めた。

ウチで扱っているドレスの生地は、全てノルト王国の本家から仕入れていたし、他の商品も多くが東の国産だ。

ロア王国のラントペリー商会は、東の本家と連携することで成り立っていた。

「お兄ちゃん、お祖父ちゃんに会いに行くの？」

妹のフランセットが俺を見て言った。

「そうだなぁ……」

俺は考える。

この家から東の本家まで行くと、往復で一カ月くらいかかる長旅になる。けっこう大変だ。

でも、東の本家は、父がロア王国に基盤を築くまでの間、赤字続きの事業を支援し続けてくれていたのだ。高齢の祖父の願いを断るなんて、薄情なことはできない。

幸い、道中は重要な通商路になっていて警備は万全だし、いつも商品の仕入れで使っている道を通って行くのだから、俺の時間と体力さえあれば問題なく行ってこれるだろう。

「行った方がいいですよね、父さん？」

「そうだな。本家との関係を考えると、断らない方がいいだろう。大変な旅になるが、行ってくれるか？」

「はい、分かりました。久しぶりにお祖父ちゃんの顔を見てきます」

俺が答えると、

「長旅になるわね。アレン、画家の仕事の依頼も詰まっていたでしょ。空けられる？」

と、母が言った。

「あー、しばらく準備すれば、何とか」

俺には大量の絵の依頼が来ていたから、旅に出る時間を作るのは大変だ。

でも、家の商売のことを考えたら、本家との繋《つな》がりをおろそかにもできない。

「本家の、お祖父ちゃんの頼みを無視するわけにはいかないでしょう。今受けている仕事を整理でき次第、出発することにします」

そういうわけで、俺はラントペリー本家がある東の国、ノルト王国まで旅することになった。


ノルト王国への出発前、俺はレヴィントン公爵邸に挨拶に向かった。

シルヴィアはいつも俺の家に遊びに来てくれて仲良くしているから、先に経緯を説明しておくことにしたのだ。

応接間に通されてシルヴィアを待っていると、屋敷の料理長のエドワードさんが、直々にお菓子とコーヒーを持ってきてくれた。

「お久しぶりです、ラントペリー男爵。ダニエルの奴《やつ》は元気にしていますでしょうか？」

エドワードさんは、俺の家の料理人であるダニエルのお父さんだ。

「はい。最近は、レヴィントン領の村から届けてもらったイカやアジで揚げ物を作ってくれて、それが絶品でしたよ」

「そうでしたか。元気にしているのなら良かった。なにせ、全く音沙汰がないもので」

「おや、たまにはお父さんに連絡するように、ダニエルに言っておきますね」

ダニエルの奴、父親にまでコミュ障を発動していたんだな。

「いえ、お気遣いなく。元気ならそれでいいんです。私も、いざ息子と面と向かって会話しろと言われたら戸惑ってしまいますので」

と言って、エドワードさんは頭を掻《か》いた。

彼とダニエルは、似た者親子なのかもしれない。

「お待たせ、アレン。来てくれて嬉《うれ》しいわ」

エドワードさんと話していると、シルヴィアが部屋に入ってきた。

「シルヴィア、お邪魔してるよ」

「珍しいわよね、アレンが自分からこの屋敷に来るなんて」

「実はちょっと、シルヴィアに伝えておかないといけないことがあって――」

俺はシルヴィアに、ラントペリー本家のある東の国へ出掛けることを伝えた。

「……ノルト王国の王都にラントペリー商会の本家があるんだけど、行って帰ってくるだけで一カ月はかかるから、しばらく会えなくなるんだ」

「そ……そうなんだ。帰っては、来るんだよね？」

シルヴィアは不安げにこちらを見つめて問うた。

「もちろん、帰ってくるよ。俺はロア王国のラントペリー商会の跡取りだし。ただ、本家との連携も大事だから、行かないわけにもいかないんだ」

「そっか……」

シルヴィアは自分の腕をギュッと握りしめた。

「そんな寂しそうにしないでよ。今生の別れじゃあるまいし。最近は国境の魔物の討伐も完了して、道中の警備体制もしっかりしてるんだよ。無事に帰ってくるって」

「うん。本当に、帰ってきてよ?」

シルヴィアはなおも不安げな表情で、俺にすがるような視線を向けてきた。

それに、俺は一瞬ドキリとする。……大げさだな。

「大丈夫だよ。お土産《みやげ》たくさん持って帰るから、期待してね」

俺は自分の胸をポンと叩《たた》いて言った。

もともとウチはノルト王国からたくさん商品を仕入れている商人なのだ。向こうに着いたら、シルヴィアに合いそうなものを大量に仕入れて持って帰ってあげよう。

このときの俺は、外国に出掛けることを、それほど深刻に考えていなかった。

外国といっても、ノルト王国の言葉はロア王国と方言レベルでしか違わない。日本からアメリカに行くというよりは、東京から大阪に出張するのに近いと思っていたのだ。

シルヴィアに出掛ける挨拶をし、旅の準備を始めて数日後、俺はバルバストル侯爵に呼び出されて王宮にいた。

「君が国外に出るつもりだと聞いてね。どういうことか説明してもらおうか？」

王宮にあるバルバストル侯爵の執務室。

侯爵と女王陛下が厳しい表情で俺を見ていた。

──あれ、何か大事になってないか？

「人材の流出は防がねばならぬからの。特に芸術分野でロア王国は他国より遅れていると、国際会議で馬鹿にされたこともあるのだぞ。やっと我が国に出た歴史に名を残しそうな天才画家を、てんっっさいをっ、余所《よそ》に持っていかれてたまるかっ！」

と、女王陛下が熱弁した。

「ですが、ラントペリー家はもともと東の国発祥でして……」

「ノルト王国に帰ると申すか!?」

「いいえ。ただ、祖父が顔を見せに来いと手紙を送ってきたので、会いに行くだけです」

「むぅ……戻ってくる意思はあるのだな？」

「はい、もちろん。私はロア王国のラントペリー商会の跡取りですので」

「そうか……」

女王陛下はホッとしたような表情になった。だが──。

「アレン・ラントペリーがこちらに戻ってくるつもりであっても、先方で引き留められる可能性もあります。好事家《こうずか》のノルト貴族が莫大《ばくだい》な報酬で引き抜きをかけることも考えておかないと」

と、バルバストル侯爵がさらに言い立ててきた。

「いえ、俺は四歳のときにこの国に来たので、生活スタイルはこっちに馴染《なじ》んでるんです。親しい人もいますし、ちゃんと戻ってきますよ」

「そ、そうよな、ラントペリー。余は、余は信じておるぞ？」

と、女王陛下は捨てられた子犬のような目で俺を見た。そんな顔をすると、国王の威厳が……。

「ラントペリー男爵に今はその気がなくとも、ノルト王国が本気で勧誘すれば、名誉に釣られるという可能性もあります。歴史あるノルト王国の貴族爵位などで釣られれば危ういかもしれません」

「むむっ。余は伯爵位までなら出すぞ！　アレン・ラントペリーの流出を防ぐためなら、頭でっかちのワイト一派も文句を言うまい」

ちょっと陛下、何言っちゃってんの!?　そんな面倒な地位、要らないって。

「ごもっともです。いざというときに備えて、根回しを始めておきましょうか」

「いえいえ、必要ないですよ、バルバストル侯爵。ちゃんと帰ってきますから」

何で俺程度のことにこんな偉い人たちが騒いでいるんだよ。

「君はあまり分かってないみたいだけどね。王侯貴族にとって、どんな芸術家を抱えているかっていうのは、重大事なんだよ。武力や財力を持っているだけじゃ、権威は保てないのだから」

「はあ……」

バルバストル侯爵は目を細めて俺を軽く睨《にら》んだ。

「まだ分かってない顔だな。……もっと簡単に言うとね、王侯貴族は見栄《みえ》っ張《ぱ》りなんだ。自分はすごい武人を抱えているだとか、名画をいくつも持っているだとかで張り合うんだよ」

「そうじゃ、そうじゃ、そうじゃ！　それなのに、我が国は他国から、ダサいだの、田舎《いなか》臭いだの、不気味な絵ばかり描いているだの、言われたい放題なのじゃ。おのれぇぇぇぇ」

バルバストル侯爵の説明に、女王陛下が便乗して怒り出した。

「陛下、落ち着いてください。アレン・ラントペリーがいれば我々の未来は明るいのですから」

「そうじゃの。そういうことなのだぞ、ラントペリーよぉぉぉ」

「へ、陛下、それは身に余る光栄すぎて責任が重くなりすぎて重圧が、えっと……」

んー、まあ、二人の言いたいことはだいたい分かった。前世でも、日本のアニメが世界で人気とか、日本の歌が海外チャートにランクインとかを喜ぶ人って多かったし、そういうのが重要視されてるってことなのだろう。

それでいうと、オリンピックで獲得したメダルが何個かみたいなのを気にするのも、同じ心情なのかもしれない。権力者がワンマンな国ほど、国の予算でスポーツ選手を強化していて、メダリストへの褒賞が豪華だった。もしかすると、王様が統治するような国では、そういうタレントへの執着が強くなるのかもしれない。

「とはいえ、優れた芸術家を理不尽に拘束する統治者は、愚か者の誹《そし》りを受けるのじゃ。冒険者と交易商人と芸術家には、移動の自由を保障するのが決まりなのよ。じゃが、じゃが……ラントペリーよ、必ず戻ってくるのじゃぞぉぉぉ」

「は、はい、もちろんです」

女王陛下の切実な見送りを受けて、俺は東のノルト王国へと旅立つのだった。

ロア王国を出て半月ほど旅をすると、俺は東のノルト王国の首都に到着した。

ラントペリー商会本家の本店は、王都の一等地に構える巨大な店だった。

その店先で、俺は祖父と再会した。

「おお、アレン坊、久しぶりじゃな。儂《わし》のこと、覚えておるか？」

「はい、お祖父ちゃん。お元気そうで良かったです」

祖父は顔を皺《しわ》くしゃくしゃにしてほほ笑んだ。好々爺《こうこうや》って感じだな。思ったより元気そうで良かった。

「アレン、マジででかくなったな。若いときのモーリス叔父《おじ》さんそっくりじゃないか」

次に、従兄《いとこ》のエドガー兄さんが声をかけてきた。本家の跡取りである伯父《おじ》さんの長男で、俺より五つ年上である。

「エドガー兄さんも、お久しぶりです」

「おう、久しぶり〜。ロア王国から輸入している高級ワインのボトルを見てびっくりしたよ。あのラベルを考案したの、アレンなんだろ？」

「はい」

俺が答えると、周囲にいた本家の従業員たちからも「おお〜」と声があがった。

何か恥ずかしいな。

今回の里帰りは俺一人で、フォローしてくれる両親はいない。四歳のときにロア王国に引っ越して以来の親戚との再会だ。だから、ここに来るまではけっこう緊張していた。でも、会ってみると皆、身内として俺の活躍を喜んでくれている。

「ロア王国産の磁器も見たよ。あれの開発にも、アレンが関わっていたんだって？」

次に俺に声をかけてきたのは、伯父のグラースさんだった。祖父ちゃんは高齢なので、本家の実質的な運営はこの伯父さんを中心に回っていた。

「ふほほ。何せ、儂の孫は男爵様じゃからのぅ」

爺ちゃんは自慢げに俺の背中をバシバシと叩いた。

「お爺ちゃん、そんな褒めないで。たまたま現地の有力者と良いご縁を結べただけですよ」

「うむ。モーリスの奴はロア王国で立派に店を拡大してくれたようじゃの。嬉しいことじゃ」

祖父ちゃんは呵々《かか》と笑った。

それから——。

「アレン、久しぶり？　になるのかなぁ。私は小さすぎて記憶が全くないのだけど」

と、亜麻色のふわふわの髪をした若い女性が俺に声をかけてきた。

髪質がフランセットに似ている。妹が大きくなると、こんな感じになるのだろうか。

「えっと、ハンナかな？」

本家にいる若い女の子は、グラース伯父さんの娘、従妹《いとこ》のハンナのはずだった。

俺より二歳年下の十八歳。

「うん。嬉しい、アレン、覚えていてくれたんだ」

「もちろん。ハンナ、久しぶり。髪質がフランセットと一緒だからすぐに分かったよ。最後に会ったのは二歳のときだから、他は変わっちゃったけど。大人になったねぇ」

「え～、フランセットちゃんの髪の毛もこんな感じなの？　毎日ふくらむから大変なんだよ。あはは」

人好きのする感じで笑うハンナからは、商人の娘らしい社交的な感じが伝わってきた。

「せっかく遠くから来てくれたんじゃ。アレン、ゆっくりしていきなさい。ハンナ、お前はアレンと年も近いし、滞在中のアレンのことを気にかけてやっておくれ」

「はーい。アレン、明日にでも街を案内してあげるね」

「ありがとう、ハンナ」

「その前に、今日は歓迎会だろ。ノルト国料理、たっぷり食わせてやるよ」

「ありがとう、エドガー兄さん」

エドガー兄さんに案内されて、俺は十六年ぶりに父の実家に上がった。

四歳のときからずっと会っていなかった親戚たちだけど、父と雰囲気が似ている祖父や従兄妹《いとこ》たちは、声質やちょっとした仕草に共通点があって、俺はすぐに馴染むことができたのだった。

本家に滞在して数日、俺は街の工業区にある施設を訪れていた。

ラントペリー商会の主力商品、織物の工房だ。

春のぽかぽかした陽光の下、広い作業場に染料の入った大きな壺《つぼ》がいくつも置かれている。職人さんたちはキビキビと働いて、糸を染めて布を織っていた。

「ロア王国で販売していたドレスの生地も、ここで作られていたんだね」

屋外で糸を染める職人さんたちが、たまに魔法を使っているのが異世界らしかった。風魔法でクセのある染料の匂いを飛ばしているそうだ。

「ノルト王国は絹織物の産地だから。糸を生成するシルクスパイダーを飼育できる環境は限られていて、貴族が喜ぶ高級スパイダーシルクはだいたいノルト国産なのよ」

と、得意げにハンナが言った。

彼女の解説つきで、俺は広い工房を見学して回った。

「特殊な織り方とか変わった染料とか、地方に行かないと見られないものもあるけど、だいたいの技術はここに集まっているのよ。ここはラントペリー商会が所有する研究施設でもあるから」

「へえ〜。すごいね」

「技術を盗みに来る奴もいるから、気をつけないといけないのよ。でも、アレンは身内だから全部

見せてあげる」

ニコッと笑って、ハンナは俺を大きな建物の中に招き入れた。

屋内の作業場にはたくさんの織り機が置かれ、職人さんたちがカシャンカシャンとリズミカルな音を立てて布を織っていた。

「すごいなぁ。これだけ腕のある職人を抱えた工房、織物の盛んなノルト王国でもそうそうないでしょ」

「ふふん。ウチの生地で作るドレスはすごいのよ。品質はノルト王国でもトップクラス」

「うんうん。俺も、ロア王国でドレスの販売を手伝っていたからよく知っているよ。生地が良いから、シンプルなドレスでもすごく見栄えがするよね」

「そうなの、そうなのよ！」

ハンナは俺の手を握ってキャッキャと喜んだ。

――フランセットに似て、ハンナもスキンシップが多いよなぁ。

妹はともかく、年頃の従妹が俺にべたべた触ってくるのは、どうなんだろう。無防備で大丈夫なのか心配になるけど、再会してすぐにおじさんくさい注意をして気まずくなるのも……あー、もうっ。

「そうだ、今はちょうど、面白い物がここに置いてあるんだわ。ウチの最高機密なんだけど……」

「最高機密？」

ハンナはふふっと笑って工房の奥へと進んでいった。

「ドレスの縫製は商業区の店舗に近いところで普段はやってるんだけど、そっちだと秘密が漏れる恐れがあるから。ここは大事な商品の隠し場所でもあるんだ」

と言って、彼女は鍵付きの部屋の分厚い扉を開いた。

一部の関係者しか入れない秘密の部屋。

「おおっ！」

そこには、とても豪華なドレスを着たマネキンが置かれていた。

繊細な白い花が織り出された生地に、キラキラと輝く小さな宝石や真珠が細かく縫い付けられている。その重量でいっても金額でいっても、なかなかお目にかかれない一級品だ。

「すごいドレスだね。誰が着るものなの？」

「この国の王妃《おうひ》様よ。最近代替わりした国王夫妻が初めて執り行う春の祝祭で着られる予定のものなの」

「そうか。それで、気合の入った豪華なドレスなんだね」

ノルト王国の国王は、最近代替わりしていたらしい。

新国王が即位すると社交界の雰囲気がガラッと変わることもあるから、高級衣類を扱うラントペリー商会にとっては、今が重要な時期と言えた。

「重要な祝祭のドレスの依頼を受けるなんて、やっぱ本家のラントペリー商会はすごいね」

俺たちのロア王国支店にも、最近は上流貴族からの注文がたくさん入るようになったけど、まだまだ本家の規模には及ばない。

「それが、そうでもないのよ。実はね、王妃様のドレスを作るのは、ウチの商会だけじゃないの」

「どういうこと？」

「王妃様は、ノルト王国の名だたる商会全てにドレスを発注したのよ。商会を競わせるためにね。全ての商会に機会を与えて、その実力を見るつもりなの。祝祭の夜は長いし、お色直しで何着かは着られるだろうけど、中には一度も袖を通されないドレスも出てくるでしょうね」

「うわ……それは、シビアだね」

「うん。まあ、ウチには確かな実力があるから、むしろチャンスだと思っているわ。ここで王妃様のお気に入りになって、ラントペリー商会が新国王の治世での覇権を握るんだ」

と、ハンナは自信満々に言った。

「そうだね。ウチの生地の品質の良さに勝てる商会なんてないよ」

「ふふん。そうでしょう、そうでしょう」

誇らしげなハンナと一緒にドレスを眺めていると、俺にはムクムクと創作意欲が湧いてきた。

――そういえば、布に直接絵を描いてドレスを作ってもいいんだよな。

前世で俺の祖母《ばあ》ちゃんが、旅行先で着物の絵付け体験をしたと聞いたことがあった。祖母ちゃんが言うには、昔の日本の着物には、画家が直接絵を描いたものがたくさんあったらしい。

布に絵を描く。これは案外よくあることだった。いつも描いている油絵のキャンバスも、麻布でできているし。

文化祭のような機会に、自分たちで絵を描いてオリジナルのTシャツなどを作った経験のある人もいるんじゃないかな。

せっかく絵の才能を持って転生したのだ。色んなものを作ってみたい。

そうだな……例えば、オリジナルの絵付けしたドレスを、シルヴィアへのお土産《みやげ》に持って帰ったら喜ばれそうだ。

「ねぇ、ハンナ、白い生地に直接絵を描いてドレスを作ることって、できるかな？」

「布に絵を描くの？　……そうね。ウチは絹織物が中心だけど、以前に南方大陸の商人と技術交流をして、派手な絵の描かれた綿布を輸入したことがあるの。さっきも言ったけど、この工房は研究施設でもあるから、そういう技術も記録して残してあるわ」

「おお。それじゃあ、やってみてもいいかな？」

「そうだね。アレンって、ロア王国では有名な画家なんでしょ？　実験的にやってみるのは、今後の商会の発展のためにも良いかもしれないわね」

「良かった。それじゃあ、さっそく白い生地と染料を用意してもらえるかな？」

「いいよ。私もできるだけ手伝うね」

「ありがとう、頼りにしている」

よし。そうと決まれば、まず始めに——。

俺はスケッチブックに前世で見た着物を思い出して描いてみた。

《手描き友禅

白生地に手描きで絵を描くように布を染める技法。糊《のり》を使うのが特徴で、染料のにじみを防ぐ》

ざっと描いた絵では、いつも以上に雑な説明が出た。思い出せるだけ絵に描いて、情報を集めながら実験していこう。

〈弘法《こうぼう》筆を選ばず〉スキルもあるし、ハンナの力も借りて頑張るぞ。

俺はハンナと本家の職人さんたちに協力してもらって、シルヴィアへのお土産ドレスを制作していった。

ラントペリー本家の織物工房の一室。

ドレスの絵付けを始めた俺は、実験を繰り返し、ついに納得のいく生地を作ることに成功した。

俺は仕立てを終えたドレスに、最後の刺繍《ししゅう》をほどこしていた。

「刺繍までこんなにうまいなんてね」

俺の様子を見に来たハンナが、呆《あき》れたように言った。

「妹が刺繍するのを見て、俺も少しやっていたんだ」

以前にフランセットの刺繍道具を借りて試していて良かった。

俺の持つ〈弘法筆を選ばず〉スキルは、平面に描くものなら何にでもうまく対応できるチートな能力で、刺繍も能力の範囲に入っていたのだ。

この刺繍を仕上げれば、俺の絵付けドレスは完成する。

「今日中にできるだろうし、皆に見せるのが楽しみだね」

「そうね。驚くよ、皆――」

ガチャンッ！

そこで、急に部屋のドアが開いて、エドガー兄さんが慌てた様子で駆け込んできた。

「大変だ、大変だ、大変だ。ヤバい、ヤバい、ヤバい」

「何、何、何？　大げさねぇ、どうしたのよ？」

「ドレス……王妃様に献上するドレスはどうなってる!?」

と、エドガー兄さんは息を切らしながらハンナに尋ねた。

「とっくに完成してここに保管してあるわよ。それがどうしたの？」

「王妃様に献上するドレスのデザインが、スピオニア商会と被《かぶ》っていた」

「え!?　どういうこと？」

「多分、スパイがいたんだ。それでデザインをパクられた」

「はぁ!?　何それ……」

深刻な事態に、ハンナは顔を歪《ゆが》めた。だが、彼女はすぐに冷静になり、

「あのドレスは、ラントペリー商会の技術の粋を集めて作ったものよ。他の工房が猿真似《さるまね》で同じドレスを作っても、結局は私たちの品質が優れていると分かってもらえるはずだわ」

と言って、気持ちを立て直した。

しかし――。

「それが……敵は南方の希少な宝石を入手したらしくて、それをドレスに縫い付けたんだ。新し物好きの国王夫妻に献上した場合、そっちを高く評価するかもしれない」

「そんな……」

ハンナの顔が曇った。

王妃様が春の祝祭のドレスを有力商会全てに注文したことは、広く知られていた。もし、祝祭でドレスを着てもらえなければ、貴族たちの間でラントペリー商会の評価が下がってしまうかもしれない。

「商人の世界は厳しい。ドレスのデザインを盗まれたと訴えても、秘密を守れなかった俺たちが無能と誹られるだけだ。悔しいが、今から別のドレスを準備する必要がある」

「無理よ。新しく作ったところで、念入りに製作された他商会のドレスに勝てるわけが――」

そこで、ハンナはハッとして俺の方を向いた。

俺の手元には、もう少しで刺繍を終えて完成するオリジナルのドレスがあった。

「アレン……」

目は口ほどにものを言う。

俺は苦笑いしつつドレスをハンナに渡した。

――シルヴィアへのお土産は、また別に作ることになりそうだ。

ハンナは俺からドレスを受け取ると、それをマネキンに着せた。

「うおお、何だこりゃ!?」

ドレスを見たエドガー兄さんが驚きの声をあげた。

俺の絵付けしたドレスは、鮮やかな赤の地染めに、ピンクやオレンジ、黄色の花々、緑の葉、金の目を持つ鷹《たか》など、あらゆる色をちりばめて描かれていた。

「これ、どうなってんだ!? これだけ柄が入ってるのに、光沢がものすごい。織ってない? ……描いてるのか!」

「うん。アレンが生地に直接筆で柄を描いたんだよ」

「マジで!? そういえば、アレンはロア王国の宮廷画家だったな。——ってか、いくら画才があるからって、こんなに鮮やかに描けるもんなのか!?」

エドガー兄さんはドレスに顔を近づけ、睨むように一つ一つの絵柄を確認しながら言った。

「いやあ、最高級染料や金粉をたくさん使わせてもらったんで……」

「たしかに染料は良い物をあげたけど、それにしても、ここまで鮮やかな色はなかなか出せないと思うわ」

そうハンナが言うと、エドガー兄さんも頷《うなず》き、

「普通これだけ色を置くと、色自体が綺麗《きれい》でも、色同士が干渉してごちゃごちゃ汚く見えるもんだ。全ての色を鮮やかに見せるには、相当な腕が要る」

と言った。

……さすが、高級品を扱う商人。こういうデザインの質を評価する目があるんだなぁ。

実際、絵として鮮やかな色を見せるというのは難しいことだった。

前世のように理想の色を簡単に作れるデジタル環境で絵を描いた場合でも、配色が下手《へた》だと色同士が殺し合って絵がくすむのだ。

例えば、前世で俺が下手な絵を描いていた頃、画面にオレンジと青などを並べて置くと、それだけで色が濁って見えることさえあった。

当時は憧れていたイラストレーターさんの真似をして同じような配色をしてもうまくいかなかった。でも、〈神に与えられたセンス〉を手に入れた今になって、前世で見てきたイラストの影響を正しく受けている気がする。

どの色とどの色を並び置けば効果的か、前世の神絵師たちによって積み重ねられた経験を、今の俺は享受できていたのだ。

「すごいな。でも、これは王妃様用に作ったものじゃないんだろう？　サイズは……」

俺のドレスは、シルヴィアのサイズで作っていた。

「幸いなことに、肩幅や腰まわりはほぼ王妃様と同じみたいなの。胸まわりだけ大きいけど、まあ、調整可能な範囲よ」

「それじゃあ……」

と言ったところで、二人はハタと気づいて俺の方を見た。

「アレン、勝手を言って申し訳ないんだけど、このドレス……」

「分かってる。良いよ、王妃様に着てもらえるなら光栄だしね」

「ありがとう、アレン」

「うん。このドレスなら、盗作されたものより良いんじゃないか？」

「これでスピオニア商会をぎゃふんと言わせてやるわよ！」

そう言って、ハンナとエドガー兄さんは力強く頷き合った。

こうして、俺のドレスは急遽《きゅうきょ》、ノルト王国の王妃様に献上されることになったのだった。


俺のドレスが王妃様に納品された日の夕暮れ、上機嫌のグラース伯父さんとエドガー兄さんが王宮から帰ってきた。

「やったぞ。王妃様はアレンのドレスを一番気に入られた！」

「おお、やりましたね、グラース伯父さん」

俺のドレスはかなり斬新なものだったけど、無事に王妃様に受け入れられたようだった。

「ああ。それと、元のドレスのデザインを盗んだスパイも見つけられたぞ。そこから、スピオニア商会の不正の証拠も集められた。アレンのお陰《かげ》で、ラントペリー商会に被害を出さずにこの件を片付けられそうだ」

「それは良かったです」

俺が答えると、エドガー兄さんが俺の肩に腕を回して、

「ありがとうな、アレン。お前がノルト王国に来てくれていて命拾いしたよ」

と言った。

「うんうん。アレンがいなかったらと思うとゾッとするわ。ありがとう、アレン」

一緒にいたハンナにも礼を言われた。

エドガー兄さんはさらに、

「結果的に被害は出なかったけど、今回の件、スピオニア商会をこのままにはしておけないな。お祖父ちゃんもだいぶ怒っていたし、これからは、こっちがやり返すぞ」

と、黒い笑みを浮かべて言った。……怖いなぁ。スピオニア商会を放置はできないし、制裁は必要なのかもしれないけど。

「エドガー、あまり悪そうな顔をするな。お前が悪徳商人みたいになったら困る。スピオニア商会の件は、お祖父様が片付けるおつもりだ。……お祖父様も妙にはりきって復讐《ふくしゅう》しそうで怖いのだが。

――まあ、それより、アレンはロア王国の有名人だったのだな？」

と、グラース伯父さんに問われた。

「一応、そうかもしれません。ロア王国でラントペリー商会を広めている内に、名前を知られるようになっていたので」

劇場の版画とかワインのラベルとか、大量生産するものに俺の絵を使ったからね。

「ノルト王国の王侯貴族にも、アレンの噂《うわさ》が届いていたようなんだ。ドレスをデザインしたのがア

レンだと伝えると、お前を春の祝祭の王宮に招待すると、招待状をもらった」

と、グラース伯父さんは俺に豪華な装飾の入った封筒を見せた。

それを受け取ると、ハンナが寄ってきて、

「わぁ、ウチに春の祝祭の招待状が来るのって、お祖父ちゃんの還暦以来じゃない？」

と、俺の手元の封筒に興味津々に顔を近づけた。

「……俺は詳しく知らないんですけど、重要な夜会なんですか？」

「ああ。ノルト王国で一番招待状を手に入れにくい夜会なんだよ」

「へえ～」

そんな場に俺が出て大丈夫かな。ロア王国のパーティーには何度も参加して慣れてきたけど、作法の違いを確認しておかないと。

「夜会は普通、男女ペアで参加する。アレンとハンナで行ってきたらどうだ？」

「私も!?　いいの？」

ハンナは瞳をキラキラさせて俺を見た。

「俺はノルト王国のマナーに自信がないから、ぜひフォローしてくれると助かる。よろしくね、ハンナ」

「任せて。うわぁ、すっごく楽しみだなぁ」

ハンナはとても嬉しそうだった。

「そうと決まれば、アレンのスーツを用意しなくちゃね。アレンの持ってきた服じゃ、王家の夜会に出るのには十分じゃないし。大至急、最高級の夜会服を用意するわよ」

そう言うと、ハンナは店の奥へと走っていった。

「あまり目立たないものを頼むよ～」

と、俺はハンナの背中に声をかけておいた。

「そう緊張しなくても大丈夫だろ。夜会では王族や身分の高い人々に注目が集まるもんだし、端の方で美味《うま》い飯でも食っとけばいいさ」

「ありがとう、エドガー兄さん」

「ひとまず、今日はアレンのドレスを王妃様が気に入られたお祝いをしような」

「はい。お祖父ちゃんにも早く伝えてあげましょう」

仲の良い親戚に囲まれて、その日俺はいつもより少し豪華な夕食をとった。

2 東の国の王

春の祝祭の夜、王宮の庭は人でごった返していた。

魔法の照明が周囲を照らす立食パーティー。

俺とハンナは会場の隅っこで豪華な料理を食べながら、マイペースに来場客を眺めていた。

「招待状が希少って言われていたわりに人が多いんだね」

庭にひしめく人の数を見ると、簡単に参加できそうに思えてくる。

「なんだかんだ、世の中に自称セレブっていっぱいいるものなのよ」

「あー……」

「もう少し詳しく言うとね、ノルト王国は国内の魔物の討伐がまだ完了していないから、地方で力を持っている貴族や、魔物討伐で活躍して出世する人が多いの」

「ふむ、国の面積が大きいもんね」

「うん。雨が少なかったり寒すぎたりで、人口は少ないんだけど」

ノルト王国の王都周辺は昔からある発展した都市だけど、東部に未開発の荒地をかなり抱えていた。そのため、伝統的な貴族も成り上がりの有力者も、どちらも多いらしい。

高級商品を売るウチみたいな商会にとっては、お客さんがたくさんいてありがたいことだけどね。

そんな話をしていると、遠くで何かアナウンスする声が流れて、周囲の人々が一斉に上空を見上げた。

「……メインイベントが始まるわ」

と、ハンナが言う。

夜空に、数々の魔法花火が打ち上がりだした。

魔法花火は、前世の花火とLEDイルミネーションを合わせたような魔法の出し物で、俺もロア王国の祭りで披露したことがあった。

「豪華だね。空一面、花火で塗りつぶしてるみたいだ」

「この魔法花火は規模が大きいから、王宮の外からも見られるの。お祖父《じい》ちゃんたちも家から見ているはずよ」

魔法花火は国を問わず、この世界の人々にとって人気の娯楽のようだった。

「ロア王国でも魔法花火の上がる日は王宮前の大通りに人が集まっていたよ」

「そうなんだね。まあ、花火はどこにでもあるし。……ふふ、でも、次の出し物にはびっくりすると思うわよ」

「何？」

俺が聞き返すのとほぼ同時に、周囲からワッと歓声があがった。

空に、大きな翼を持った生き物の影が浮かんでいる。

「えっ!?　でかっ……」

コウモリみたいな羽に蜥蜴《とかげ》のような尻尾《しっぽ》を持つ巨大な生き物の黒い影。

「ワイバーン。ノルト王国の東側の荒野から捕まえてきたやつよ」

「ワイバーンって、劣化竜みたいなものか。それがこんな迫力あるんだ……」

予想外に大きなワイバーンは恐ろしかったが、こちらを襲う気配はなく、城の上空を規律正しく飛行していた。人が乗って操作しているらしい。

竜の上から魔法が放たれ、竜が移動した軌跡に、赤や青の光の線が続いた。……なんか前世のテレビで見たブルーイ○パルスのスモークみたいだ。

騎竜は王宮の上空を旋回すると、俺たちのいる庭の中央に設けられたステージに降り立った。

瞬間、竜から降りた人物にワァッと歓声があがる。

「ずいぶん派手な演出だね」

このために大きなステージまで用意して。

「そりゃそうよ、あの竜に乗っていたのが、国王陛下だもの」

「へ……マジ？」

「マジマジ。新しい国王陛下ってね、もとは東部の開拓地で魔物を討伐して鳴らした人物なのよ」

「へぇ。すごいね」

「うん、すごい。ただ、彼が辺境にいたのは、本当は国王になる予定じゃなかったからなんだけど」

「どういうこと？」

「えっとね……」

ハンナは周囲を見回す。舞台上に陛下が降り立ったことで盛り上がった人々には、こちらの小声の会話は聞こえそうになかった。

「陛下は先代国王の傍流《ぼうりゅう》に当たるの。ただ、少し前に王都で流行《はや》り病があって、先代王や王位継承権の高かった王子が亡くなってしまって、急に彼に王位が回ってきたのよ」

「そうだったんだ……」

「もともと王位に就く予定がなかったから、辺境で魔物討伐軍を率いていたときは、けっこう無茶《むちゃ》していたって話。だから、最近の王族の中では圧倒的に武勲が多い人なのよ」

「へえ～」

なるほど。それで、騎竜に乗ってあんなパフォーマンスができたのか。

竜から降りた国王陛下は、王妃《おうひ》様と数名の従者を連れて、パーティー会場を歩き回り出した。

来賓客に一人ずつ声をかけているようだ。

「こっちに来られることも考えて、ちょっと観察しておこうか」

俺は転生して良くなった視力を駆使して、国王夫妻の様子を見守ることにした。

王は来賓客に近づくと、それぞれに合った会話を二、三往復して回っている。よく見ると、後ろの従者が来賓客の情報を王に細かく伝えているようだ。……気遣い王だな。

竜に乗ってかっこいいパフォーマンスをした直後の王に、若い来賓客は興奮気味であった。だが、年配になるほど、その態度はそっけなくなっている。

……何でだろう。礼儀を失しているわけではないけど、貴族たちの多くは、あまり王を敬う心を持っていないように見えた。

「ねぇ、国王夫妻に対する周囲の反応って、意外と冷めてるもんだね」

俺はハンナにこっそりと尋ねてみた。

貴族って、王様に対してこんなにドライなものなのだろうか。

「地方領主と国王の力関係の微妙な綱引きね。地元の基盤の強い貴族には、形式上は王に従っていても、心からへりくだりはしないっていうプライドがあるのよ」

ふーむ。

相手に必要以上の敬意を示せば、それだけ相手を優位に立たせてしまうという考えなのかな。

「特に傍流から出た現陛下は、貴族の掌握に苦労しているみたいね」

「そっか」

前世の学校で〝絶対王政〟みたいな言葉を習っていたから、王権ってもっと強いものだと思っていた。でも、こっちの世界の王様は意外と大変そうだ。エスメラルダ女王陛下もワイト公爵たち貴族派に押されていたし。

そんなことを考えている間にも時間は進み、すぐ近くまで国王夫妻がやってきていた。

国王陛下の視線がこちらを向く。

後ろにいた秘書っぽい人が俺たちの経歴を説明しようとするのを手で制して、王はこちらに歩み寄った。

「ロア王国のラントペリー男爵だな」

「はい。陛下にお目通りでき光栄です。ご招待ありがとうございました」

そう言って、俺は昨日たくさん練習したこの国式のお辞儀を披露した。

「ラントペリー男爵のデザインしたドレスは見事でしたわ。今着ているの、似合うかしら？」

と、王妃様が俺に言った。

舞台衣装のように派手なドレスは王妃様に相応《ふさわ》しく、ひときわ目立つものだった。気に入ってもらえてよかった。

「ありがとうございます。とてもお似合いです」

「ありがとう」

王妃様はニコニコして言った。

これで会話は終わりかなと思ったんだけど、さらに続けて陛下が、

「せっかく外国から有名画家が来ているのに、この場ではあまり時間が取れず残念だ。できれば仕事を依頼したい。後日、私の肖像画を描きに来てほしい」

と言い出した。

「は、はい？　……かしこまりました」

そろそろ帰国しようかと思ってたんだけど、ここで断ったら本家に迷惑がかかるよなぁ。肖像画一枚くらいなら、そんなに時間はかからないか。……エスメラルダ女王陛下みたいに、巨大キャンバスとか持ち出されないといいけど。

「ご依頼ありがとうございます」

「ああ、頼んだぞ」

そう言うと、国王夫妻は次の客のところへ向かっていった。

「すごい。アレン、陛下の肖像画を描くの？」

「うん。そうみたいだね……」

帰国が延びるなぁ。ロア王国の家族に、手紙を書いておかないと。

後日、ノルト王宮から正式な依頼状がラントペリー本家に届いて、俺は東の国の王、ヨキアム陛下の肖像画を描くことになった。

建国祭の三日後、俺はノルト国王の肖像画を描くために王宮に向かった。

国王は多忙らしく、絵のためだけに時間を割くことはできなかった。俺は執務室で書類仕事をする王の近くでしばらくスケッチをした後、持ち帰ってちゃんとした肖像画に仕上げることになった。

スケッチブックに何パターンかの王の絵を描いた後、俺は案内役の文官に連れられて、王宮の中を見学して回った。

「どこか相応しい場所を背景にしていただきます」

「はい」

「では、次は外国の大使や地方貴族を迎える謁見の間をお見せしましょう」

謁見の間に向かう廊下にはふかふかの赤絨毯《じゅうたん》が敷かれ、左右の壁に歴代ノルト国王の肖像画が飾られていた。

「陛下はここに飾る絵を望まれています」

と、案内の人に言われる。

旅の画家に結構なものを期待しているんだなぁ。

「……ご期待に沿えるように努力します」

飾られた肖像画はどれも少し劇画調というか、迫力重視な感じだった。

「重厚感のある肖像画が多いんですね」

「はい。謁見に訪れた者に、国王の偉大さを知らしめるのが肖像画の役目ですから。陛下は以前にロア王国のエスメラルダ女王の肖像画の話を耳にされて、今回依頼されたそうです」

「なるほど」

「肖像画の目的は、エスメラルダ女王を描かれたときとほとんど同じになるでしょう。我が国は広く……少々口が悪くなりますが、王家を舐《な》めた田舎《いなか》貴族が参内することも多々あります。そうした者たちに、歴史ある王家のすごさを見せつけるために、こうして歴代の王の肖像画を並べているのです」

王様はすごいんだぞと見た人にアピールする肖像画か。ノルト国王はイケメンだし、そんなに難しくもないかな。

「実は、少々気がかりなことがあります」

と、案内役の貴族は声を潜めて俺に言った。

「何でしょう？」

「陛下の肖像画の横に並ぶ、先代国王の肖像画がこちらなのですが……」

と言って、案内役は一枚の肖像画を示した。

そこには、かなり背が高く筋骨隆々とした男性が立っていた。

「その隣がヨキアム陛下の肖像画です。ラントペリー男爵の作品がより優れていた場合は、こちらと置き換える予定です」

現在飾られているヨキアム陛下の肖像画は、本人そっくりではあるが、少し貧相に見えていた。

……ヨキアム陛下は、顔立ちは整っているけど、身長は平均より低めだったか。

ヨキアム陛下は傍系で、先代王とあまり似ていない。それまでの王は、体格の大きい人が続いていたようだ。そこへ急にヨキアム陛下の肖像画が来ると、スケールダウンした印象を持たれるかもしれない。

「この絵を、もっと威厳のあるものに置き換えたいのですね」

「そういうことです。ですが、誇張しすぎや嘘《うそ》は極力避けてください。それぞれの王に近い姿を後世に残すための肖像画ですので」

「……考えてみます」

俺は課題を持ち帰って、ラントペリー本家で肖像画の制作に取り掛かった。

ヨキアム陛下の肖像画を完成させて、俺はノルト王宮へ納品に行った。

宮殿の広間に、国王を中心に、貴族や廷臣たちが何人も集まって、お披露目《ひろめ》会のような場が設けられていた。

「こちらになります」

先に預けていた大型の絵にビロードの布をかけて、宮殿の使用人たちが三人がかりで慎重に俺の絵を運んできた。

布を外すのは、俺の役目らしい。俺は仰々しく布を取り払って、正面の陛下に彼の肖像画を見せた。

「おぉ……」

肖像画の中のヨキアム陛下は、高い位置からこちらを見下ろしていた。

「騎竜か。なるほど、考えたな」

ヨキアム陛下の肖像画の問題点は、体格の良い先代国王の隣に置かれることだった。それなら、陛下を何かに乗せて体格を比べられなくすればいい。

騎竜は、国王の強さを示すのにも良い演出になった。

「斬新ですなぁ。これは、陛下が春の祝祭で魔法花火を披露されたときの絵ですか？」

「はい。あの花火を実際に拝見して、印象深かったですので」

魔法花火で照らされた夜空の幻想的なグラデーション。その赤や黄色の光に照らされた竜の恐ろしげな顔と、それを軽快に操る王の凛々《りり》しさ勇ましさ――。

「カッコイイ……」

ヨキアム陛下はボソリと呟《つぶや》いた。

「陛下？」

「――ッ、ゴホンッ！　見事である。一瞬の動きをこれほどの迫力で描き出す技量も、夜空をこれほど美しく彩る表現力も、全てが一流、素晴らしい作品だ。アレン・ラントペリー、よくやった」

「ははっ。お褒めにあずかり光栄にございます」

俺は恭しく礼をした。

気に入ってもらえてよかった。これで心置きなく家に帰れるぞ。

だが、そこから雲行きが怪しくなってきた。

「うむ。アレン・ラントペリーは当代随一と言ってよい画家である。肖像画を描かせるだけではもったいない。皆、そうは思わぬか？」

ヨキアム陛下は左右に侍《はべ》る臣下に問いかけた。すると重臣たちはすぐに賛同し、

「その通りでございます」

「彼の仕事をまだ見とうございます」

などと口々に言い出した。

――ええ……？

ヨキアム陛下は周囲の意見に頷《うなず》いて、

「秘書官よ、改修した別館の一部の作業が滞っておったな」

と言った。

「はい。外交使節の滞在用に、予算をかけて王宮の別館を改装しておりましたが、一部の内装を請け負っていたスピオニア商会がスキャンダルを起こし、天井や壁が白いままになっております」

スピオニア商会？　どっかで聞いたような……あっ！

王妃様のドレスのデザインをパクった奴《やつ》らだ。

あの後、祖父ちゃんがスピオニア商会の悪評を広めたんだったよな。

「スピオニア商会、目をかけてやっていたというのに、王都で商人同士の小競り合いに負けたようだ。争った商人を罰するつもりはないが、穴埋めは必要であろうなぁ」

うわっ……。祖父ちゃんの過剰ざまぁが巡り巡って王宮の改装工事を止めていたのかよ。ヤバいじゃないか。

「あの内装の続きは、ラントペリー商会に任せるのが良いのではないか？　とても優秀な画家を抱えた商会であるから」

「おお、よいお考えです。スピオニア商会が中断した内装部分、ラントペリー商会に依頼いたしましょう」

なんてこった。……これ、断るの無理だよな。

下手《へた》なことをすれば本家が危ない。

俺、そろそろ家に帰りたいんだけど。

俺はふと、出国前に女王陛下やバルバストル侯爵と話していたことを思い出した。

『君はあまり分かってないみたいだけどね。王侯貴族にとって、どんな芸術家を抱えているかっていうのは、重大事なんだよ。武力や財力を持っているだけじゃ、権威は保てないのだから』

……俺は、本当に分かってなかったのかもしれない。

ヨキアム陛下から受けた依頼は、外交使節をもてなすための王宮別館の改修工事の仕上げだった。

俺はグラース伯父《おじ》さんとエドガー兄さん、ハンナとともに、現場の確認をした。

「ほとんど完成しているのね」

建物の中を見回しながら、ハンナが言った。

傷んだ柱や壁の修復は終わっており、後は内装を整えるだけという状態だった。

「建物の内装を仕上げて、調度品を揃《そろ》えるのが主な仕事ね」

「特に大事なのは大広間の天井画だろうな。今のままだと、天井に何もないせいで殺風景な印象だし。まあ、これはアレンにやってくれっていう指名依頼みたいなものだろう」

と、エドガー兄さんが俺を見て言った。

彼の言う通り、別館の一番大きな部屋の天井は、白紙のキャンバスのような空白になっていた。

「元からある家具も一部使われる。修理に回っている分は、王宮からリストをいただいているから、一件ずつ引き取りに回るつもりだ」

グラース伯父さんは腕を組んで、「これは大仕事だな」と小さく呟いた。

「だいぶん面倒くさい仕事ですよね。でもこれ、祖父ちゃんの後始末みたいなもんだし」

「諦めろ。こういうのは適切に対処しておかないと、変なところで逆恨みされたら――」

「……はい」

エドガー兄さんはガックリと肩を落とした。

「これはもうアレンに期待するしかないわね。後始末ばかりの面倒な仕事だけど、アレンがすごい天井画を描いてくれれば、それがずっと王宮に残って、ついでにラントペリーの名前も刻まれるのよ。お願い、アレン、名画を描いてちょうだい！」

「ええっ!?」

項垂《うなだ》れるグラース伯父さんとエドガー兄さんを見て不安になったのか、ハンナが急に俺にすがりついてきた。

「ハンナ、アレンに余計なプレッシャーをかけるな。……とはいえ、この仕事はアレンに頼る部分が大きいのも確かだなぁ」

グラース伯父さんまで、俺に期待の視線を向けてくる。

うーん、参ったなぁ。あ、でも……待てよ……。

国王陛下直々の大仕事を受けたんだ。大変な仕事だけど、ラントペリー商会の名をあげるチャンスでもある。ただ単に俺が天井画を描くだけで無難に済ますのはもったいない。ラントペリー商会らしさを出したものにしたい。

「あの、大広間の天井画と調度品について、少しアイデアがあるんですけど」

「アイデア？」

俺は自分の考えを三人に伝えた。

「――いいな、それ。ぜひやろう」

そう言って、従兄妹《いとこ》と伯父は大きく頷いた。

3 天才画家の周辺事情

ラントペリー商会がノルト王宮の別館の改装を始めてしばらく経《た》った頃。

ハンナ・ラントペリーは、友人から意外なことを聞かされていた。

「アレンが宮殿の侍女たちにモテている？」

「ええ。彼が絵を描いているところを見ようと仕事をサボる若い侍女が何人もいるらしいの」

友人は王宮で使う備品を納めている商人で、宮殿の噂話《うわさばなし》に詳しかった。

「宮殿で、何でアレンが？　宮殿にはもっと身分の高い男性や見た目の良い男性、強い騎士もたくさんいるのに」

「王宮の別館の改装、ラントペリー商会が受けているでしょ？　それで、別館の壁画を、アレン様が描いている」

「うん。大きな壁画から、柱の飾りの小さい絵まで、アレンは速筆だから、一人でたくさん描いてるわね」

「その絵を描いているところを見て、好きになる女の子がいるらしいのよ」

「はあ？　絵がうまいだけでモテる？　そんなことあるっけ？」

「それがあったから、驚いているのよ。彼みたいなのを天才って言うんでしょうね。平然とした顔で筆をさーっと走らせるだけで、名画が生み出されていく。その作画風景は圧巻だって評判よ」

「あー……」

たしかに、ハンナが見ていても、アレンの仕事ぶりはすさまじかった。壁画用のフレスコ画は漆《しっ》喰《くい》が乾いてしまえば描き足せなくなるため、時間勝負の画法ではあるのだが、いつも迷いなくものすごい速さで描き進めてしまうのだ。

「歴史に名を残す画家になるのはほぼ間違いないでしょう。それで、厚かましい侍女は色紙を持って、彼にサインをくれと言いに行ったらしいの。そうしたら、彼、その侍女の似顔絵をささっと色紙にそえてサインしてくれたんだって。その似顔絵が、まあ、本人そっくりなんだけど、少しだけ美人に描かれていて、もらった侍女はもうメロメロになってたわ」

「うわ……」

ハンナは頭を抱えた。

従兄《いとこ》の性格上、下心もなにもなく、相手が喜ぶようにさらっと描いただけなのだろう。だが、そんなことを続けていると、悪い虫がついてしまいそうだ。

「……ちょっと気をつけてアレンのこと見るようにするわ」

「うん、それがいいよ」

ハンナは友人からの忠告を受けて、何度も頷《うなず》いていた。

改装中の王宮別館。

壁に絵を描いていると、ポンッと肩を叩《たた》かれた。

「ハンナ、どうしたの？」

「差し入れ、持ってきたよ」

「ありがとう。なんか最近、よく見に来てくれるよね」

「あーまあ、ウチの大事な天才画家様ですから」

と言って、ハンナは俺にくっつくようにして、また肩をポンポン叩いた。

「近いよ、ハンナ。絵具つくよ？」

「えー、つけたら怒るからね」

「理不尽だな、もう」

ハンナのふわふわの髪の毛が、俺の頬《ほお》に触れていた。彼女の髪質は、フランセットにそっくりだ。妹も将来は、こんな感じになるのかもしれない。社交的で明るくて、良いと思う。

でも、年頃の女の子がこんなじゃ、逆に危なっかしい気もする。俺に対して頻繁にスキンシップをとってくるし。従妹《いとこ》とはいえ、あんまりくっつくのは良くないって言った方がいいのかなぁ。

「ハンナ、あんまり異性に近づくと、勘違いされて変な虫がつくよ。気をつけなよ」

注意すると、ハンナは何とも言えない顔をして俺を見つめ返してきた。

「あー、うん、そだね。私は人を選んでるから、大丈夫だよ」

そう言って、彼女は俺の髪の毛をポンポンと撫《な》でるのだった。

アレン・ラントペリー不在の、ロア王国王都。

ある日の夜、とある貴族の屋敷で開かれた夜会に、バルバストル侯爵は参加していた。

モテ男の侯爵の周囲には、可愛《かわい》らしいご令嬢や美人マダムが集まってくる。彼女らとお喋《しゃべ》りをしていたとき、

「そういえば、最近、ラントペリー男爵をお見かけしないんですけど、バルバストル侯爵は何かご存じですか？」

と、令嬢の一人が言った。

「ああ、ラントペリー男爵なら、実家の用事でノルト王国に出掛けていますよ」

バルバストル侯爵がそう答えると、周囲の女性たちの表情が変わった。

「それって、大丈夫なんですの？」

「ラントペリー男爵、帰ってこられますよね？」

と、心配する声がいくつもあがった。

「男爵のご両親は今も王都に住んでいますし、彼は跡取り息子ですから、戻ってきますよ」

「そうですわよね」

「でも、ノルト王国にラントペリー男爵を取られないか、やっぱり心配ですわ」

「早く帰ってきてくださらないかしら」

いつの間にか、アレン・ラントペリーは特に親しくもない女性にまで帰りを待たれることになっていた。

——すごいものだな。

バルバストル侯爵は感心する。

アレン・ラントペリーは、身分としては男爵に過ぎないし、容姿もそれほど目立つわけではなかった。

ただ、絵がうまいという一点で、彼は突出していた。

どんな分野であろうと、彼ほどの天才を、バルバストル侯爵は他に知らなかった。

——しかも、商人でもあるせいか、この国の貴族にはない発想を持っている。私には思いつかないようなことを平気でやってのける。

貴重な人材だ。

やはり、ノルト王国行きは、もう少し強引にでも止めるべきだったかとバルバストル侯爵は思った。


翌日。

バルバストル侯爵は女王陛下の私室に呼び出されていた。

「お呼びにより参りました、陛下、バルバストルでございます」

「おう、バルバストル侯、よく来てくれたの」

女王陛下は大きなクマの縫いぐるみを抱えて、ソファーで丸くなっていた。

そうすると、王の威厳が全くなくなってしまうのだが、幼さの残る彼女は、何か嫌なことがあるとすぐにクマを抱える癖があった。

「また、何か困ったことが起きましたか？」

このように女王陛下がよく拗《す》ねるのには、ある程度仕方ない面もあった。国内の貴族たちはとても元気で、女王陛下にも好き放題意見を言うので大変なのだ。

「ワイト公爵に文句を言われた」

「…………」

――またワイトか！

と、侯爵は心の中で舌打ちした。貴族派筆頭のワイト公爵は、特に女王陛下に対して当たりがきつかった。

「ワイト公爵には、『よくもアレン・ラントペリーを国外に出したな』と言われてしまった。『戻ってこなかったらどうする』と、すごい怒りようじゃ」

女王陛下はしょんぼりして言った。

――またラントペリー……。

バルバストル侯爵は昨日の夜会を思い出した。

アレン・ラントペリーは、いつの間にか国の貴重な財産のようになっていた。

「挙句、普段は国政に何も言ってこないマクレゴン公爵まで、『アレン・ラントペリーが早期に帰国するよう、ノルト王国に働きかけるべき』と言ってきた」

「なんとまあ……」

商人上がりの男爵が一人、国外に旅に出ただけで、国内は大騒ぎである。

「たしかに、ラントペリー男爵の帰国は遅れているようですね。ノルト国王から、大きな仕事を受けたという情報が入っております」

「むむむ……やはり、ラントペリーを国外に出したのは、余の失政であったか」

クマの縫いぐるみを締め上げるようにして、女王陛下は唸《うな》った。

「いえ。ラントペリー男爵の自由を奪うようなことはするべきではありませんでしたよ。陛下が寛容であられるのは、何より大事なことです」

「それは、そうであるが……」

「それに、男爵は必ず帰ってくるでしょう。彼の両親はこの国にいますし、彼女も……」

「あ〜……」

そこで、二人は同時に同じ人物の顔を思い浮かべた。

「バルバストル侯、至急、レヴィントン公爵を呼ぶのじゃ！　彼女に動いてもらうことにしよう」

「はは、かしこまりました」

アレン・ラントペリー奪還に向けて、ロア王国は動き出すのだった。

4　帰りたいけど帰れない

改装中のノルト王宮別館。

作業は順調に進んでいたが、時が経《た》つのも早かった。

俺は天井画の作業の途中で休憩を取り、床に座り込んだ。そして、もう何度も繰り返し見た手紙を、頭上に掲げるようにして読み返していた。

『お兄ちゃんがいなくてさみしい』

帰宅が遅れることを報告した手紙への、妹の返事だった。

「フランセット、字が上手《じょうず》になったね」

俺は天井に向かって呟《つぶや》き、気持ちの悪い笑みを浮かべた。

フランセットに、もうずっと会っていない。成長が楽しみな時期なのに。会わない間に、妹が変わっていってしまう。

父にも母にも会えていない。シルヴィアにも。

シルヴィア……。

「家に帰りたい」

俺は首を曲げて天井を見ながら、つい泣き言を呟いていた。

「アレン、最近、姿勢がおかしくなっちゃってるよ」

ふいに、背後から声がかかった。

「ハンナ……来てたんだ」

ハンナはよく差し入れなどを仕事場に届けに来てくれていた。

「天井画の作業でね、ずっと上ばかり見てるから。ものを見るのに見上げないとピントが合わなくなったんだ」

「何それ……」

「ははは、参っちゃうよね。天井画って、大変だよ」

天井画は、足場を組んで、ずっと上を見ながらの作業だ。姿勢が悪くなって、身体《からだ》の節々が痛いのは本当だった。

「そっか……」

ハンナは俺をジッと見つめる。

「それで、帰りたいの？」

「うっ……独り言、聞こえてたんだ」

「うん。アレン、愚痴とか言わないから、絵さえ描いていれば楽しいのかと思ってたけど、やっぱり家が恋しかったのね」

「そりゃあ、寂しいよ。両親や妹も恋しいし」

「そうだよね。好きな人がいても、半年も会わなかったら、私なら冷めちゃうかもしれないし……って、アレン、なんて顔してるの」

「帰りたい、帰りたいよぅ……」

俺は泣き言を繰り返した。

ハンナが俺の背中をさする。

「よしよし、元気出して」

「この仕事が終わったら、すぐに家に帰るんだ。天井画なんて、チート画力を駆使して爆速で終わらせてやるんだ！」

俺は決意を固める。

「チート画力？」

聞き慣れない言葉に、ハンナが首を傾《かし》げた。

「ええっと、ズルいくらいにとんでもなく高い能力のことを、チートって言うんだ」

「ふうん。自覚あったんだ、アレン……」

ハンナはジトッとした目で俺を見ると、少し考えるように口元に手を当てた。

「たしかに、アレンほど才能豊かな人は滅多《めった》にいないわね。身内のひいき目でなく、アレンは天才だと思う。でもさぁ、そんなチート画力？　を駆使しちゃったら、このまま王宮の改装も大成功して、国王陛下にますます気に入られそうよ。そうなると、なんだかんだと理由をつけて、アレンをこのままこの国に留《とど》まらせようとしてくるんじゃないかしら」

「うっ……」

俺はギクリとして言葉につまった。それは、あり得そうなことだった。

「もう俺は帰りたいんだ。次の依頼はできたら避けたいんだけど……」

「そっか……今回の天井画の件はスピオニア商会の問題が絡んで、断れない依頼だったけど、次はもう勘弁だね。——とはいえ、何事もなくても、国王の依頼を断るって相当よ」

「ううっ」

俺はその場にしゃがんで膝を抱えた。

「帰りたいよぅ」

「陛下の依頼を断るつもりなら、事前にお祖父《じい》ちゃんたちに言っておいた方がいいと思うわ」

と、ハンナは俺に忠告した。国王の機嫌を損ねるようなことを言うかもしれないのだ。一族に何も言わず勝手はできない。

「分かった。正直に伝えてみる」

「そうね。ただ——」

「ただ？」

ハンナは俺と同じようにその場にしゃがんで俺と目を合わせた。

「アレンって、今、ウチにとって、金の卵を産むガチョウみたいなものじゃない」

「ガチョウ……」

「お祖父ちゃんたちからしたら、アレンをロア王国に戻す必要性って、あまりないだろうなと」

「そんな……」

「これが三年、五年となれば、さすがに戻してあげようってなるけど、まだ半年も経ってないもの」

「うぅ、でも、俺はもうホームシックなんだよ。何とかならないかな」

「幸運にも新しい仕事が入らず、あっさりとアレンが帰れることもあるかもしれない。でも、そうでなく依頼を断って帰国するには、協力者がいた方がいいわね。ただ、ウチの男どもは積極的に動いてくれない恐れがあるわ」

「……うん」

ラントペリー家は高級品を扱う商家だし、王侯貴族の機嫌を損ねるようなことは避けるだろう。むしろ――。

「ハンナは、俺に協力していいの？」

俺に協力的なハンナの方が心配だ。

「いいよ。若いときの時間って貴重だし、思う通りに生きたいじゃん。そういうの無視してアレンに我慢させたらダメだと思う。だから、私はアレンの味方！」

ハンナはニカッと人好きのする笑みを浮かべた。

「ありがとう、ハンナ」

「そうと決まれば、何か対策を考えないとね。といっても、お父さんかお祖父ちゃんの許可がないと一族のコネは使えないし……」

「うーん、どうだろう……」

ハンナは祖父ちゃんたちを銭ゲバみたいに言っているけど、多分、俺が真剣に頼んだら彼らも協力してくれると思う。長く商人を続けてきた彼らは、俺に無理やり我慢させて一時的な利益を取るようなことはしないと思う。……あんまり自分を過大評価するのはよくないけど、彼らにとって、俺はそれくらいには重要な存在のはずだ。問題はむしろ——。

「祖父ちゃんたちも多分、協力はしてくれると思うよ。でも、ラントペリー家の昔からのコネを使って妙な動きをさせてしまうことの方が心配かな」

俺が我を通すことで皆に迷惑をかける方が恐ろしい。

俺がそう言うと、ハンナはきょとんとした顔になって俺をジッと見た。

「前々から思ってたけど、アレンって、誰かのために動いているときはかなり大胆だけど、身内を巻き込むかもと思ったら急にやたらと慎重になるよね……」

「えぇっ……」

「こうやって話していると慎重で理性的なのに、ときどきぶっ飛んだ行動力も見せるから、びっくり箱みたいよ」

俺はハンナから目を逸《そ》らした。

「ふむっ！　お祖父ちゃんたちを頼るのは最終手段ね。先に私が全面的に協力してあげる」

ハンナはそう言うと、俺の前に小さな新聞紙の束のようなものを出した。

「何、これ？　新聞？」

「女性向けの情報誌だよ。王都で流行のファッションとか、社交界の人気者のゴシップとかが載っているやつ」

その情報誌の各ページには、版画で美人セレブっぽい人物などのイラストが印刷されていた。

前世にあった、女性週刊誌とファッション誌の中間みたいな情報誌のようだ。

「なるほど、女の人が好きそうな情報誌だね。……それを何で俺に見せるの？」

「このページに、アレンの絵付けドレスの記事が載ってたから、見せてあげようと思って持ってきてたの」

ハンナが示したページには、俺が絵付けしたドレスを描いたらしい挿絵と、解説記事が載っていた。

王妃様《おうひ》にドレスを納品した後、俺は織物工房の職人さんたちに絵付けドレスのやり方を教えるために、他に何着か絵付けをしていた。教えるのはあまり上手ではないから、本当に、ただ作業を見せただけなんだけど、呑《の》み込みの早い人材を選抜していたみたいで、皆、着々と技術を身につけていた。

「俺が最近作ったドレスも、もう誰かが着てお披露目《ひろめ》されてたんだね」

「うんうん。アレンのドレスはお得意さんだけに販売して、新規の問い合わせ分は職人が育つまで待ってもらってるんだ。それで、希少価値がついて、この情報誌には、幻のすごいドレスがあると書かれてたんだよ」

「マジで？　そっちも騒ぎになってたのか」

うーん、手描きだと急に量産できるものではないもんなぁ。たしか、日本の友禅染では、手描き友禅の他に型友禅があって、型を作って版画みたいに絵付けすることで量産化したと聞いたことがある。時間はかかるだろうけど、そっちの技術開発もするように、後で工房の人たちに勧めておくか。

「――それでね、もともとは、アレンにこのドレスの記事を見せるために持ってきてた情報誌なんだけど、今のアレンの話を聞いて、思いついたんだ。こっちの記事を見て」

ハンナはそう言って、情報誌をパラパラとめくって俺に見せた。

そこには、『並木通り公園歩きに、キーラ王太后殿下の姿。そのファッションは？』という見出しの記事があった。

「並木通り？　キーラ王太后？」

「並木通り公園っていうのは、王宮西口と貴族街の途中にある公園なんだ。とても綺麗《きれい》なところで、セレブのお散歩スポットになっているの」

「お散歩？」

皆、健康にでも気を遣っているのか？

「一種の社交場ね。自慢の街歩きファッションを見せびらかしながら、公園にだらだらと溜《た》まる。それで出会った人と世間話とかするのよ」

「ええ……」

なにその上級井戸端会議みたいなの。いや、昭和の日本人も、東京のどこそこに特定のファッションの若者が集まっていたなどと、テレビで回顧番組をしてたな。それに、現代でも都市部の繁華街に不特定多数の若者が集まってるってニュースが……そっちは社会問題になってたか。

ともあれ、都会に自由に集まれる交流場所ができることは、しばしばあるわけだ。

特に、この世界は前世ほど娯楽施設が整備されていない。並木通りの散歩でも十分な社交場になり得るのだろう。

「それで、その並木通り公園に王太后殿下までいらっしゃると？」

「そう。キーラ王太后殿下は、先代陛下が亡くなって、若くして公務から離れられたから、時間がおありなのよ。でも、元は南の大国の王女で、先代の王に嫁いでこられた方なの。南の大国は、中央大陸で一番歴史があって、今も文化的に優れていると言われる国よ。それで、王太后殿下もこの国の社交界で影響力を持っているわ」

「ふむふむ」

キーラ王太后は、セレブなインフルエンサーって感じの人か。

「王太后殿下っていうけど、若くして亡くなった先代王のお妃様《きさき》だから、まだ若くて行動力のある方よ。それと、南の大国出身っていうのが、重要なポイント。歴史ある南の大国の人々は、自分たちのことを文化の保護者だと思っているの」

「文化の保護者……」

「ちょっと前に、とある小領主に芸術家が拘束される事件があったんだけど、南の大国が抗議して解放させたことがあるの。他にも色々と活動していて……王侯貴族の間で優れた芸術家を保護するのが貴族の義務なんて言われているのも、南の大国の影響が大きいのよ」

「へえー」

そういえば、出発前にバルバストル侯爵もそんなことを言っていたな。

バルバストル侯爵と仲の良い俺が、彼らの政敵だったワイト公爵の依頼を受けても問題にならなかった。優秀な画家は王侯貴族皆で保護する財産らしい。

「画家って、風景画を描きに外国を旅行したり、歴史に残る優れた作品を鑑賞するために各国を回ったりするものでしょ。そういう芸術家や学者の行動の自由を守るのは、権力者の美徳になるの」

「なるほど。良い作品を鑑賞して感性を磨くのって大事だもんね。そういう人たちの行動を制限してしまうと、社会全体の損失になるって考えられているのか」

ネットのない世界だし、画家も旅をして、良い作品を見て勉強していたのだろうな。

「うん。現実には優れた芸術家や学者への引き留めは相当あるらしいけどね。公には、そういうことをするのは良くないって価値観になっているんだ」

「そうか。それで、キーラ王太后殿下にこの理屈で説明して帰国できるように願ったら、協力してくれるかもしれないんだね」

「そういうこと」

「……でも、王太后殿下だよ？　引退状態とはいえ、どうやって近づくっていうんだ？」

「だから、これよ」

ハンナは情報誌の記事をバンバンと叩《たた》いた。

「並木通り公園をお散歩中の貴人になら、紹介状なしで話しかけてもいいって、暗黙の了解になってる。特にアレンは、ロア王国の爵位持ちで宮廷画家だし、暇そうに散歩している王太后殿下に話しかける程度は問題にならないわ」

「そういうものなの？」

「うん。わざわざ目立つ格好で公園を散歩なんてするのは、面白い出会いを求めているからよ。相手が嫌がったら引いた方がいいけど、有名な画家のアレンに話しかけられたら、むしろ先方も喜ぶんじゃないかしら」

「分かった。ひとまずやってみる」

俺はハンナのアイデアに乗って、とりあえず並木通り公園に行ってみることにした。


祖父と伯父《おじ》たちに自分の意志を伝えると、俺はハンナの計画に従って動き出した。

並木通り公園。

情報誌に書かれていた通り、お洒落《しゃれ》したセレブたちがぶらぶらと散歩を楽しんでいる。

ツバの大きい派手な帽子を被《かぶ》ったご婦人が、さらに日傘までさして犬の散歩をしていた。日差しはさして強くもないし、帽子か日傘かどちらか一方あればよい気もするのだけど。日傘も帽子も職人の技術の光る優れた装飾のほどこされた逸品だ。単純に見せびらかしたかったのだろう。

「皆、思い思いにお洒落を楽しんでいるんだね」

園内を見渡して、俺は同行するハンナに話しかけた。

「そうだね。夜会と違ってドレスコードのない街着だから、珍しいデザインのものなど何でも使えて楽しいんだと思うわ」

「なるほど……」

公園にいる貴族たちは、服や帽子、杖《つえ》、従者の衣装など、孔雀《くじゃく》が羽を広げるようにとにかく派手に飾り立てて目立とうとしていた。

俺は周りを見回して考える。

——こういうのに俺がどうしても違和感を覚えてしまうのは、〈神に与えられたセンス〉の弊害なのかもしれない。

この場の人たちは、ファッションで引き算ができないようだった。

前世ほど大量生産ができていない世界だからか、こっちの人々にとって、物をたくさん持っているということの価値は大きいらしい。持っている物をできるだけたくさん身につけたり目立つ位置に飾ったりしようとする人が多かった。手に入る希少な物を、アイテムの相性など考えずただ並べて。そのせいで、服装も部屋もゴテゴテした奇妙なものになってしまう。

——そういうの、前世では成金趣味って言われていたなぁ。

センスの有無は、上流階級ほど重要だった。社交界は、お金があって物を揃《そろ》えただけでは称賛されない世界なのだ。ヨキアム陛下が俺を手元に置きたいと考えているのも、俺のセンスを利用して、王としての威厳を演出したいからなのかもしれない。

そんなことを思いながら通りを眺めていると、ものすごくスッキリと見栄えのする背の高い女性が、向こうから歩いてくるのが見えた。

近くで子どもを遊ばせていた婦人の視線が、ふいに子どもから離れてその女性に向かう。

周囲の視線を集めて、その女性は優雅に散歩を楽しんでいるようだった。

後ろに何人か侍女や護衛を連れているけど、皆、服装に統一感があって綺麗だ。

「あの方が、キーラ王太后殿下よ」

「……だろうね、一目で分かったよ」

いかにもな目立つ美女だ。デュロン夫人にちょっと似てるけど、キーラ王太后の方が背の高いモデル体型で鋭い雰囲気だった。それと、多分デュロン夫人より若いと思う。王太后というけど、先代王が急逝して代替わりしたばかりだから、二十代ってこともあり得るのか。

「運がいいわね。目当ての人物がさっそくいらっしゃるなんて」

ハンナが嬉《うれ》しそうに言った。

「……ところで、ハンナさん、本当に彼女に話しかけるの？」

「うん」

「紹介状もなしに？」

「うん」

「俺が？」

「うん！」

無理、無理、無理。皆見てるし。この場で王太后に声をかけるって、名うてのナンパ師でも無理だろっ。

「大丈夫だよ。前にも言ったけど、ここに来ている人たちは、面白い知り合いを増やしたくて出歩いているんだから」

「いや……そもそも俺、街で知らない女性に声かけたりしたことないよ」

「え、そうなの？　私はよく知らない人と何となく世間話するけどなぁ。気になる有名人とか見かけて話しかけたこともあるし」

「ハンナ……」

ハンナはふわっとした雰囲気の可愛《かわい》い女の子だ。外見だけでコミュ力がカンストしてるようなものだろう。

「まあ、やってみようよ。そうだな……『私は画家をしておりますアレン・ラントペリーという者です。あなたの美しいお姿を見かけて、声をかけさせていただきました。ぜひ、私の絵のモデルになってください』とでも声をかけてみたら？　違和感のない理由になるでしょ」

「えぇっ」

「とりあえず、当たって砕けろよ。ダメだったら別の作戦を考えるから、ね！」

ハンナはそう言って、俺の背中を強く押した。

「ちょ……ハンナっ」

俺の身体は勢いのままに、二、三歩前に進んでしまった。

そして、ちょうど、今まさにキーラ王太后が歩いてくる小路を塞ぐ位置で止まった。

「あ……」

逃げる間もなく、キーラ王太后一行がこちらに歩いてくる。

「……何か？」

キーラ王太后の侍女が不審げに俺に声をかけた。

「し……失礼しました！　私は画家をしておりますアレン・ラントペリーという者です。あなた様の美しいお姿を見かけて、声をかけさせていただきました。ぜひ、私の絵のモデルになってくださいい！」

俺は必死の思いで、ハンナに教えられた台詞《せりふ》を言い切った。

「アレン・ラントペリー？」

キーラ王太后が俺の名前を口にする。

彼女はウェーブのかかった赤い髪と赤い瞳が印象的な美女だった。

「聞いたことがある名前ね。もしかして、春の祝祭で話題になったドレスを作った方かしら？」

流行に敏感な王太后は、俺の名前を知っていた。

「はい。その絵付けドレスを作ったラントペリーです」

俺が答えると、彼女は口角を少し上げて、

「そう。話題の芸術家にお会いできて光栄だわ。私をモデルに作品を描きたいというのね。いいわ、私の住む離宮まで描きに来てちょうだい」

と言って、近くの侍女に目配せした。

侍女は俺に、小さなカードを手渡してきた。

カードには、キーラ王太后の名前と、彼女が屋敷を開放している時間が書かれていた。

「ありがとうございます。訪問させていただきます」

「ええ、楽しみに待っているわ」

キーラ王太后はそう言うと、颯爽《さっそう》と歩き去っていった。


「うまくいったわね」

ハンナが俺に駆け寄ってきた。

「うん。第一段階クリアかな」

キーラ王太后が俺の名前を知っていたのは幸運だった。お陰《かげ》で不審者扱いされずに済んだ。

「後は、絵を描きながら、機会を見て彼女に俺の事情を説明してみる」

「うん。頑張って」

それから、俺たちはすぐに家に帰り、キーラ王太后の離宮を訪問する準備を始めた。


翌々日。

必要な画材を箱につめて、俺はキーラ王太后の離宮を訪問した。

「いらっしゃい。待っていたわよ」

王太后は、お友だちらしい貴族の女性たちとソファーで寛《くつろ》いでいた。

国王が代替わりしたことで、王太后の公式の仕事は減り、かなりの自由時間ができた。彼女は自分の屋敷を開放して各方面に才能のある人を集めていた。それで、多数の著名人が訪ねてくるそうだ。……俺もその一人になるのかな。

俺は王太后たちから少し離れた位置にキャンバスを置いて、すぐに筆をとった。重要な肖像画だと依頼主に相談してもう少し時間をかけるんだけど、今回は俺が描きたいと言って描くものなので、一気に描き上げてしまうつもりだ。

キーラ王太后は粋な美人なので、わりとどう描いても良い作品になる素材だと思う。

――こんな感じかな……。

俺は思い切りよく筆をとって、すぐに描き進めていった。


「どう、順調かしら？」

一時間ほど作業を進めたところで、キーラ王太后に声をかけられた。

「はい。大まかな形はとれました」

「そうなの？　どれどれ……」

彼女は席を立って、俺に近づいてきた。

「あら、もうこんなに仕上がっているの？」

驚いたようにキーラ王太后は言った。

俺の絵は全体の形をざっととってから徐々に細かく描いていくので、すでに何を描いているかは分かる形になっていた。

「宮殿の壁画をものすごい速さで描いていると噂《うわさ》で聞いていたけど、本当だったのね。それに、面白い絵だわ」

と、キーラ王太后は言った。

彼女はゴテゴテとした装飾の多いノルト王国の人々の中で、スッキリとしたセンスを見せている人だ。それに合わせて、画面をやや縦長に引き延ばし、モデル体型の王太后がよりお洒落に見えるように描いてみた。

「新しいわね。私の脚、さすがにここまで長くはないけど、でも、こういう風に見られたいと私が思っているところを絶妙に突いてきてるわ。本当、面白い」

キーラ王太后がそう言ってクスクスと笑うと、ソファーに座っていた他の客人たちも俺の絵を見に来て、

「お洒落ね」

「素敵だわ」

と、口々に褒めてくれた。

「良い絵を描いてくれてありがとう。それで、こうまで頑張って私に気に入られようとしたあなたの本当の用件は何？」

と、キーラ王太后は鋭い目で俺を見つめた。

「失礼しました」

俺は彼女に深く頭を下げ、下心を持って近づいたことを詫《わ》びた。

「構いません。良い絵を描いてくれた報酬に、あなたの願いを聞いてあげるわ」

「ありがとうございます。実は――」

俺はキーラ王太后に、ロア王国に帰りたいことを伝えた。


「――なるほど。ヨキアム陛下も困ったものね。まあ、あなたの才能を見てしまうと手元に置きたくなる気持ちは分かるけど」

「そこを何とか。私には商人としての仕事もありまして、どうしてもロア王国に戻りたいのです」

「ふむ。……たしか、あなたはすでにロア王国で爵位まで受けた身だったわね。それを勝手にこの国に引き留めるのは……どう考えても悪手ね」

キーラ王太后がそう言うと、周囲にいた他のお客さんたちも、表情を曇らせた。

「私も、アレンさんの名前は知っていました。以前にロア王国で話題になっていたワインのラベルで見たことがあったんです」

お客さんの中にいた黄色いドレスの女性がそう言うと、近くにいた白髪の紳士も頷《うなず》いた。

「私は、キーラ王太后殿下がラントペリー男爵を招待なさった後、少々男爵のことを調べさせていただきました。男爵はロア王国で相当な実績を積まれているようです。……まずい状況かもしれません。もし、ロア王国から『ラントペリー男爵を返せ』などと抗議を受けたら、色々とややこしいことになります」

　と、彼は危惧するように言った。

「そうね。ロア王国も表立って外交関係が悪化するようなことは言わないでしょうけど、そろそろ男爵を国に返してあげた方がいいと思うわ。優秀な芸術家は、王侯貴族皆で保護すべきものですもの。望まない場所に押し込めてはダメよ」

　と、キーラ王太后は言った。

「ラントペリー男爵の望みは理解したわ。今あなたが受けている宮殿の改装が終わって、次に陛下と面会する場に、私も同席するようにしましょう。私の出身、南の王国が芸術家を保護していることは、陛下もご存じよ。私がいることで牽制《けんせい》になるでしょう」

「ありがとうございます」

　俺はキーラ王太后に頭を下げて礼を言った。

「ラントペリー男爵、これに懲りずに色んな場所を旅してね。画家は過去の優れた作品や美しい景色をたくさん見て学ぶものよ。よかったら、私の祖国、南の王国も訪れてみて。私の紹介状を一枚、渡しておいてあげるわ」

「ありがとうございます。あ、肖像画は、後でもう少し加筆して仕上げてお届けしますね」

「ええ、待っているわ」

　こうして、俺はキーラ王太后を味方につけることに成功した。

　これで無事に、家に帰れるといいなぁ。

5

ノルト王宮の天井画

秋が深まる頃。

別館の改装が終わった。

ちょうどそのタイミングで、ノルト王国に外国から使節団がやってきた。

その使節団のために、改装が終わったばかりの別館がすぐに利用されることになり、それが、別館お披露目《ひろめ》の日になった。

「きちんと中を見て回るのは私も今日が初めてだ。楽しみだな」

昼下がり、使節を連れたヨキアム陛下が別館にやってきた。

約束通り、キーラ王太后も陛下に従ってついてきてくれている。

さらに、思いもかけない人物までいた。

「シルヴィア……様!?」

「コホンッ。久しぶりですね、ラントペリー男爵」

久しぶりに会ったシルヴィアは、レースの飾り襟のついたドレスを着て、使節団の先頭に立っていた。

俺は思わず彼女に駆け寄って話しかけたくなった。以前はしょっちゅう会っていたのに、半年も間が空いてしまったのだ。近況報告だけでも長い話になる。何から話そう。

頭の中ではしゃぎだす俺に向けて、シルヴィアは綺麗《きれい》なよそ行きの笑顔を見せた。

「エスメラルダ女王陛下のご命令を受け、友好使節としてこちらに参りました。帰りは、男爵も私と一緒に戻りましょう」

……落ち着かないと。周りに人がたくさんいるのに、うっかりシルヴィアを呼び捨てにでもしたら大変だ。

使節団は特に重要な問題を話し合うために来たのではなく、代替わりしたばかりのヨキアム陛下への、友好の挨拶という名目だった。もしかすると、女王陛下が俺を連れ戻すためにシルヴィアを送り込んだのかもしれない。

「……お手数をおかけしました」

「構いません。さあ、あなたが描いたという天井画を早く見せてください」

俺はヨキアム陛下とキーラ王太后、さらにはシルヴィアたちに、改装したての別館を案内した。

「こちらになります」

俺が描いた天井画は、条約の調印などに使われる予定の大広間にあった。

絵の中では今まさに太陽が昇り、その光に照らされた雲が赤や紫に輝いて、蝶《ちょう》が舞い、小鳥が躍っている。

「まあ！　何て空間を作ってくれたの！　おとぎ話の世界に迷い込んだみたいだわ」

と、部屋に入るなりキーラ王太后が嘆息して言った。

「素晴らしいな。君に頼んで正解だった」

ヨキアム陛下も満足そうだ。

わざわざ俺を指名して描かせた天井画だからね。

とはいえ、この絵はもともとスピオニア商会が設計したデザインを引き継いで仕上げたものだ。

ラントペリー商会らしさは、別のところで出していた。

「おや？」

しばらく俺の天井画を鑑賞していた国王一行は、首が疲れると前に向き直って部屋を見回した。

そこには、天井画と同じ風景の続きが広がっていた。

「これは、タペストリー？」

キーラ王太后が、大きな布に描かれた絵を見て首を傾《かし》げた。

タペストリーとは、絵や模様を織り込んだ織物のことで、壁掛けなどに使われる。職人が糸で絵画を表現するのだけど、筆で描く絵と違って、一本一本の糸で細かな形を表現するのには、非常に手間と時間がかかった。とても高価な美術品だ。

今回の改装でラントペリー商会らしさを出すための俺の秘策が、このタペストリーだった。

俺が描いた下絵に基づいて、ラントペリー商会の職人たちにタペストリーを織ってもらった。

極彩色の織物の中で、草花が風に揺れている。泉には睡蓮《すいれん》が浮かび、水面に光と影のコントラストを作っていた。

精緻な描写は、織物の得意なラントペリー商会だからこそできたことだ。

「なんということだ。タペストリーと天井画が繋《つな》がって、全体で一つの世界を表現しているのか！」

ヨキアム陛下は、ほうっと感嘆の息をついた。

「ここにいるだけで清々《すがすが》しい気分になれる、素晴らしい部屋だ。客人をもてなすのに相応《ふさわ》しい。価値あるものを作ってくれて、ありがとう」

「もったいないお言葉です。ありがとうございます、陛下」

俺はヨキアム陛下からお褒めの言葉をいただいて、恭しく礼をした。

よかった。大がかりな予算の掛かった宮殿別館の改装という絶対に失敗の許されない仕事だったし、うまくいってホッとしたよ。

ゲストのシルヴィアも、目を輝かせて部屋を見回していた。

「私も、素晴らしい部屋を見られて、ノルト王国まで来た甲斐《かい》がありました。そして、それを描いたのが、我が国の宮廷画家、ラントペリー男爵であることを誇りに思います」

シルヴィアがそう言うと、

「レヴィントン公爵、それは違う。アレン・ラントペリーは、我が国の王都で代々織物を扱ってきたラントペリー商会の者だ。たまたまロア王国に商売に出ていたようだが、彼はもともとこの国の人間だ」

と、ヨキアム陛下は反論した。

「いいえ、陛下。彼はすでにロア王国で男爵位を叙爵され、新たな家を興しました。ゆえに、彼は立派なロア王国の国民です」

「ほう。だが、彼のルーツは変わらない」

シルヴィアとヨキアム陛下は、バチバチと睨《にら》み合った。

お……俺なぞのことで、大げさじゃないか？

「アレン・ラントペリー、君はどう思う？」

と、ヨキアム陛下は俺に尋ねた。

答えにくいことを聞くなぁ。でも、俺はロア王国に帰るのだ。しっかり言うぞ。

「私の父はロア王国にラントペリー商会を進出させました。私はそれを引き継ぐ身です。さらに、光栄なことにかの地で爵位まで賜りました。私はロア王国に根付き、生涯を終えるつもりです」

俺ははっきりと自分の意志を伝えた。それを援護するように、

「ヨキアム陛下、ここは王の度量を見せるべきですわ。才能ある芸術家に自由を与え、思うままの表現を追求させてこそ、この大陸全体が発展するのですわよ」

と、キーラ王太后が言った。約束、守ってくれたんだなぁ。

「……ふむ。王太后の指摘はもっともだ。ここで私がラントペリー男爵を拘束するようなことをすれば、私は世間から暴君の誹《そし》りを受けるだろう。ラントペリー男爵、見事な天井画とタペストリーを私の宮殿にもたらしてくれてありがとう。今後も自由に活動して、この世界皆の財産になるような素晴らしい作品を生み出してくれ」

俺たちの思いを汲《く》み取《と》って、ヨキアム陛下は俺の帰国を認めてくれた。

「ご配慮に感謝します、陛下」

よかった。これで、円満に家に帰れる。

「陛下、特にこのタペストリーは素晴らしい作品ですわ。織物でこれだけ繊細な絵を表現できる技術を持つ国は、ノルト王国以外にないでしょう。このタペストリーは、ラントペリー男爵の才能と、ノルト王国が培ってきた技術が組み合わさって生まれた奇跡の品ですわ」

キーラ王太后は重ねて、俺の作品を褒めてくれた。

「そうだな。ラントペリー商会には、十分な報酬を与える。今後も王家のために働いてくれ」

「ありがとうございます。陛下からお褒めの言葉をいただき、ラントペリー商会皆の働きが報われました」

俺はもう一度ヨキアム陛下に深々と頭を下げた。

これで一安心。俺はホッと胸を撫《な》でおろした。

そこまでで、俺と天井画に関する話題は終わった。

次に、ヨキアム陛下は客人であるシルヴィアのことに話題を移した。

「――ところで、レヴィントン女公爵よ。レヴィントン公爵家というのは、ロア王国随一の武門の家と聞いていたが、本当か？」

と、ヨキアム陛下はシルヴィアに尋ねた。

「その通りでございます、陛下」

「そうか。では、遠方からの客人への、古くからのもてなしもご存じか？」

「はい。心得ております」

と、シルヴィアは答えた。

古くからのもてなし？　武門の家なら知っているって話か。……当然だけど、俺には何のことかさっぱり分からないな。

「ロア王国が、国内の最有力貴族、しかも武家の名門を友好使節に派遣してくれたのだ。ここは、古きに習い、交流を深めたいと思う。公爵はご存じかな？　我が国は、ロア王国と違って魔物の領域がまだ残っていると」

「はい。伺っております」

ノルト王国は、王都周辺は昔からある発展した都市だけど、東部に未開発の荒地を大量に抱えていた。ロア王国の何倍もの面積を有すると主張しているけど、実質半分以上は魔物の領域なのだ。

これは良い面と悪い面があって、魔物から国民を守るのに多大な労力が掛かるけど、魔物素材を特産品にすることもできていた。

「それでは、三日後に、ともに魔物狩りに向かうのはどうだろう？　私は即位する前は東方で魔物狩りに明け暮れていてな。少々腕には覚えがあるのだ」

と、ヨキアム陛下はシルヴィアを誘った。

周囲の視線がシルヴィアに集まる。……急に俺からシルヴィアのことに話題が移ったかと思ったら、この空気。試されてる感じだ。

貴族は名誉を重んじる。ヨキアム陛下の提案に、シルヴィアは顔色一つ変えることなく、

「ありがとうございます。我が女王陛下からは、ノルト王国で交流を深めてくるように言付かって

おります。もちろん参加させていただきます」

と、即座に彼の提案を受け入れた。

それに、周囲のノルト貴族たちは「おおっ」と盛り上がった。当事者でない人々はお気楽に、「異国の魔法技術を見るまたとない機会です」なんて言っている。

しかし、シルヴィアは大変だぞ、これは……。


ヨキアム陛下が退出した後、俺は少しだけシルヴィアと話す機会を持てた。

「大変なことになったね、シルヴィア」

「そうねぇ。断るわけにいかなかったから受けたけど、ロア王国では廃れた風習だから、ちょっと戸惑っているわ」

「断れないものなの？」

「昔の物語とかの王侯貴族ってね、『面白い魔物がいるんだ。ひと狩り行こうぜ』みたいな誘いで、さっと討伐に行くのがカッコイイって美学があったのよ」

シルヴィアはそう言って苦笑いした。

「美学……」

「魔物の多かった時代は、討伐経験者の案内で、倒したことのない魔物と安全に戦える経験って貴重だったから、誘われた方もメリットが大きくて。それで、わざわざ遠くの魔物を倒す遠征に出て、お付きの文官に自分の活躍を記録させて、面白い物語として吟遊詩人に語らせるなんていうのが流行《はや》っていたわ」

「そっか。ノルト王国は領内に魔物が多いから、そういう風習が残っていたんだ。でも、シルヴィアがこの国に来たのって、俺のせいだよね？　それで、こんな危ない目に遭うなんて……」

俺はしょんぼりと肩を落とした。

その様子に、シルヴィアは慌てて首を振った。

「ああ、未開の奥地に行くわけでもないし、そんなに危ないことはないのよ。私も海の魔物の討伐で経験は積んでいるし、そこは問題ないの」

「そうなの？」

「うん。ただ、私だけ討伐方法を知らない魔物と戦いに行くっていうのが、嫌ではあるなぁ。多分、このままだとノルト王国の王侯貴族が活躍するのを後ろで見て『すごいすごい』って言わされる要員にさせられると思うの」

「あー」

後ろにいれば危険はないけど、レヴィントン公爵としての体面を守るには討伐で、ある程度戦った方がいいのか。

「討伐に行く先の魔物の特徴とか、今から調べられないの？」

「こういう情報って、貴族や王族とかが握っているものなの。交渉して教えてもらうことはできるだろうけど、三日後っていうのが……。先方は私を連れてくだけで、後ろで見学させておきたいだろうしね」

「そうか……」

参ったな。これは、俺をロア王国に取られたヨキアム陛下の八つ当たりなのだろうか？

いや……俺の件も含めて思うに、ヨキアム陛下はそんなに意地悪ではない。

多分、彼は単なる見栄《みえ》っ張《ぱ》りなのだ。思い返してみると、俺が彼に気に入られたのも、カッコイイ肖像画を描いたからだった。彼は格好つけたがりで、王としての評判を気にしている。

おそらく、ヨキアム陛下は古くからの伝統に従って、外国貴族の前で格好よく魔物の討伐をする自分を演出したいだけなのだろう。でも、シルヴィアがそれを甘んじて受け入れるわけにもいかない。レヴィントン家だって、武門の名家なのだ。

「俺も、ラントペリー本家の伝手《つて》を使って、魔物の情報を調べてみる」

「お願い。正直、私だとノルト王国にあまり伝手がなくて」

「分かった。とにかくギリギリまで情報を集めてみよう」

「うん」

そういうわけで、俺は急いでラントペリー本家に戻って、グラース伯父《おじ》さんたちに聞いてみることにした。


家に戻ると、本家の皆が迎えてくれた。

「改装のお披露目、うまくいった？」

「陛下の反応はどうだった？」

ハンナとエドガー兄さんに、矢継ぎ早に尋ねられた。

「うん。満足してもらえたよ」

俺が答えると、二人はガッツポーズして喜んだ。

「やっほ〜い。俺も方々を走り回った甲斐があったぜ」

「織物工房の職人のスケジュールを空けておいた方がいいわね。これから絶対、タペストリーの注文が入るから」

従兄妹《いとこ》たちは、とてもはしゃいでいた。

「良かった。苦労が報われたな」

と、グラース伯父さんも嬉《うれ》しそうだ。

「あの、グラース伯父さん、ちょっと尋ねたいことがあるんですけど——」

俺は、グラース伯父さんに魔物討伐のことを話した。

「なるほど、魔物の情報か。私たちは織物が中心の商人で、荒事には縁がないからなぁ」

グラース伯父さんが首を傾げると、ハンナも同意して、

「そうよね。私なんて魔力がほとんどないし。ウチって、文官や文化人へのコネは多いんだけど、武官の伝手は……知り合いの知り合いをたどっていく？　急ぎだけど……」

と言った。

「そうですか……」

うーん、ラントペリー家って、ドレスとかをメインで売っている商人だもんなぁ。

「ああ、でも、この辺りで討伐された魔物の素材なら、ウチの倉庫にもあるんじゃないか？　それを見たら、魔物の弱点属性とか、ある程度分かるかもしれないな」

「魔物の素材！」

「そうね。何が使えるか分からないし、ひと通りのサンプルは、ウチの倉庫にもあったはずよ」

おお、その素材を俺が絵に描けば、〈神眼〉で情報を得られるな。

俺はすぐにスケッチブックを持って、魔物素材を保管する倉庫に向かった。

《シルバーウルフ
群れで行動する魔物。連携して攻撃してくると強いが、群れの中に臆病な個体が交ざっている確率が高い。出の早いファイアーボールで驚かせて連携を乱れさせると、こちらのペースで戦える》
《ロックゴーレム
物理、魔法両方の防御力が高いが、防御力低下の呪詛《じゅそ》が効く。デバフで豆腐にして戦うとよい》
俺は〈神眼〉で得た情報を、すぐにシルヴィアに伝えた。
彼女は、三日後からの遠征でその情報を活用し、しっかりと存在感を示せたようだった。

五日ほどして、シルヴィアは遠征から帰ってきた。

帰国の前に、俺はラントペリー本家の店に、シルヴィアを招待した。

「いらっしゃいませ、レヴィントン公爵閣下」

本家の従業員たちが彼女を迎える。

「ここがラントペリー商会の本家なのね。ロア王国のお店では、いつも素敵なドレスを作ってもらっているの。本店も見られて嬉しいわ」

「ありがとうございます、公爵閣下」

そんな感じでグラース伯父さんと祖父《じい》ちゃんが挨拶して、シルヴィアを店に迎え入れた。

たくさんのドレスが並ぶ店内。見栄えのするディスプレイの奥には、お客様のサイズを測ったり、商談したりするための部屋がいくつもあった。

その部屋の一つに、シルヴィアを通す。

部屋には、一着のドレスが置かれていた。

薄ピンクの小さな花びらが細かく描かれた生地。桜の絵付けドレスだ。

「アレン、これ……?」

「お土産《みやげ》、持って帰るって言ってたでしょ」

シルヴィア用の絵付けドレス。最初に作ったものは、この国の王妃《おうひ》様の手に渡っちゃったけど、その後別のドレスを作り直していた。

「え？　なにこれ。見たことのない柄の生地。光沢がすごい……え？　描いてる？」

「ふふふ……」

期待通りの彼女の反応を、俺はニマニマしながら見ていた。

「長く滞在しちゃったから、他にも色々手に入ったんだよ」

それから、俺はノルト王国に滞在中に集めた物を、シルヴィアに見せていった。

たまたま見かけて、一目惚《ひとめぼ》れした生地。

機織りの職人さんと一緒に柄を考えた織物。

それに、王宮別館の改装で報酬がたくさん出たから、貴重な顔料も爆買いしていた。

「ロア王国に戻ったら、シルヴィアのドレスをたくさん作って、たくさん絵も描くんだ」

シルヴィアに話しているだけで、俺はなんだかとても楽しい気分になってきた。

「アレン、荷物がいっぱいになるよ」

シルヴィアがクスクスと笑う。

「そうだね。ノルト王宮からもお土産をもらったし。シルヴィアが魔物討伐に出て手に入れた素材とか持って帰ったら、レヴィントン領の職人さんが喜びそうだね」

「そうね。たくさん馬車を連ねて帰ることになりそうだわ」

「うん。いっぱい持って帰ろう」

俺はシルヴィアにほほ笑んで言った。

ノルト王宮別館に戻るシルヴィアを一旦見送る。

彼女が乗った馬車が見えなくなった頃、後ろから声をかけられた。

「すっごく綺麗なお姫様だったね」

振り返ると、ハンナが立っていた。彼女は俺に近づくと、

「明後日に、ここを発《た》つんだよね？」

と言った。

「うん。予定よりだいぶ長居しちゃった。お世話になったね」

「それはこっちの台詞《せりふ》よ。王妃様のドレスの件なんて、アレンがいなかったらと思うとゾッとするわ。それに、宮殿の天井画とタペストリー、大評判じゃない」

「ああ、大仕事だったからね。良い評価がもらえてホッとしたよ」

「ふふ。一族から天才画家が出て誇りに思うわ。これからもよろしくね、アレン」

「こちらこそ。末永く協力してラントペリー商会を発展させていこう」

「うん。アレンの今の言葉、お祖父ちゃんが聞いたら喜ぶよ」

俺はハンナと一緒に、家の扉をくぐった。

「帰りの移動、また長旅になるね」

「そうだね。無事に家に帰り着いたら、手紙を書くよ」

「ありがと。私も手紙をたくさん書くわ。それから、今度は、私が向こうに会いに行こうかな」

「ハンナが？」

「うん。私もロア王国に行ってみたいし。そのときはよろしく」

「分かった。待ってるよ」

「ふふふ……荷造り、手伝うよ」

「ありがとう、ハンナ」

俺はたくさんのお土産を持って、半年ほど滞在したノルト王国から、家へと帰るのだった。

幕間《まくあい》 海の村おこし

ラントペリー家のカントリーハウスに、シルヴィアが遊びに来ていたときのこと。

「白い砂浜がずーっと続いている。アレンの別荘の周りって、景色が素敵ね」

俺はシルヴィアと一緒に、別荘近くの海辺を散歩していた。

南に開けた遠浅の海は明るく、エメラルドグリーンに輝いている。

「ありがとう。俺も、この砂浜は良い海水浴場になると思っているんだ」

どこまでも続く砂浜と、透明度の高い明るい海。前世であれば、格好のリゾート開発地になっていただろう。夏が来たら、ここで泳いでみるのもよいかもしれない。

「海水浴？」

シルヴィアはきょとんとした顔で聞き返した。

「海で泳いで遊ぶんだよ。フランセットとか連れてきてさ、夏に泳いだら、楽しそうだろ？」

「え？　泳いで遊ぶ？」

シルヴィアは訝《いぶか》しげな顔をした。

あれ？　この世界の人って、夏に海水浴とかしないのか？

「海には魔物がうじゃうじゃいるのよ。ここは内海だから遠洋ほど危なくはないけど、まれに遠くから大型の魔物が移動してくることもあるわ」

「ああー」

そうだ、身の回りが平和だから忘れていた。この世界には、剣と魔法のファンタジー要素があるのだ。陸の魔物は討伐されていて安全だけど、海の魔物は移動が自由だもんなぁ。

「そっか。海って危険なのか」

「そうねぇ。まあ、実際には海の魔物も発生場所がだいたい決まっているし、安全に駆除されているわよ。レヴィントン領は海に面しているから、私もよく討伐に参加しているの」

と、シルヴィアは言った。

「シルヴィアも討伐に？　大丈夫？　危ない目に遭ってない？」

「平気よ。いつ現れるか分からないのが厄介なだけで、海の魔物って基本、弱いから。なんなら、討伐するところ、見学してみる？」

「魔物退治の見学……」

「うん。魔物退治って、絵の題材にならないかな？」

「あー、たしかに。そう言われると興味があるなぁ。でも、討伐でしょ？　俺、戦えないし、邪魔にならないかな？」

「大丈夫。むしろ、天才画家に描いてもらうチャンスだって言ったら、兵士たちは張り切るわよ。それとね、実は、レヴィントン家の者たちから、磁器を開発してくれたアレンを一度ちゃんとおもてなししたいから城に連れてきてくれって、頼まれていたんだ」

「レヴィントン家の人たちが？」

「アレン、レヴィントン領に来ても、磁器を作っている山奥の工房にしか行かないでしょ。それを残念がっている領民は多いのよ」

「ああ……」

ときどき俺は磁器の絵付けにレヴィントン領に行って、絵付けだけしてすぐ帰るみたいなことをやっていた。長居して迷惑をかけないようにと思っていたけど、逆に感じが悪かったかな。

「分かった、ありがとう。そちらの都合のよいときを教えて。訪問させてもらうよ」

「よかった。それじゃあ、レヴィントン領名物の、クラーケン討伐の頃に来てもらおうかな。領民たちも喜ぶわ」

シルヴィアは俺の手を握って、嬉《うれ》しそうに言った。

それで、俺はその年の夏に、レヴィントン公爵領を訪問することになった。


夏の盛りのある日。

俺は約束通り、レヴィントン公爵領に招待された。

レヴィントン領主城。

「ようこそいらしてくださいました、アレン・ラントペリー男爵」

エントランスの赤絨毯《じゅうたん》の左右に、レヴィントン家の使用人がずらりと並んで俺を出迎えてくれた。

レヴィントン領では、俺とヤーマダさんが中心になって開発した磁器が飛ぶように売れて、領地の経済が潤っていた。領内に活気が出たことで、レヴィントン家の人たちは、俺にかなり好感を持つようになったらしい。歴史ある公爵家の方々が、ただの新米男爵を最上級の客のように扱ってくれた。

「わわわ、お兄ちゃん、すごく大きなお城だよ」

と、フランセットが俺の手を引いて言った。

レヴィントン家はなんと、俺の家族まで城に招待してくれていたのだ。

「どうぞ。一番良い客室を用意してあるわ」

と、シルヴィアがほほ笑んで言う。

俺たち一家は、分不相応に豪華な部屋に泊めてもらうことになった。

「ふう。まさかこんなもてなしを受ける日が来るとはなぁ」

部屋でお茶を出してもらって、一息つく。

父が一番気疲れしている様子だった。

「本当にね。アレンがどんどん出世するから、私たちまでレヴィントン公爵家にご招待いただけるなんてね」

と、母も嘆息していた。

「すみません、父さん、母さん。ここまで付き合わせて」

「何言ってるのよ、アレン。緊張はするけど、貴重な経験をさせてもらって、本音では年甲斐《としがい》もなくはしゃいでいるのよ」

　母はそう言ってクスクスと笑っていた。


　それから、俺だけシルヴィアに呼ばれて、彼女と一緒に城の奥にある静かな区画まで連れてこられた。

「父がね、アレンに会いたいって、以前から言っていたの。最近は体調が良いみたいで、自室で待っているんだけど、病気で体力のない人だから、無作法があっても許してね」

　俺はこれから、シルヴィアのお父さん——前レヴィントン公爵に会う。

　以前にこの城に来たときは、磁器の研究の途中に立ち寄っただけで、すぐに別の場所に移動したから、会うのはこれが初めてだった。

　豪華な金の装飾がほどこされた扉を、シルヴィアが静かに開けた。

　中はとても日当たりの良い、大きな窓のある部屋だった。

「お父様、アレン・ラントペリー男爵をお連れしましたわ」

　窓際の椅子に、五十歳前後の男性が座っていた。彼が前レヴィントン公爵、シルヴィアのお父さんか。

　俺とシルヴィアが部屋に入ると、彼は少し身体《からだ》を前傾させただけで、立ち上がりはせず、ゆったりとした安楽椅子の背もたれに身体を預けなおした。

「君がアレン君か。話は聞いているよ。今まで、陰日向《かげひなた》に娘を支えてくれて、ありがとう」

前公爵は、俺に穏やかに話しかけた。

会ってみて一番意外だったのは、病弱と聞いていた前公爵が、しっかりした体格をしているように見えたことだった。

痩せていても、骨格から大きいのだと思う。眼光も鋭く、今でも強そうなイケオジだ。

実際、若い頃にはたくさんの武勲をあげていたそうだ。だが、早熟だった彼は、まだ成長期の途中に無理をして魔力回路を傷めてしまった。それで病気がちになり、娘のシルヴィアに爵位を譲って引退したそうだ。

「お初にお目にかかります、レヴィントン前公爵様。アレン・ラントペリーと申します。王家からは、宮廷画家のお役目と、昨年、男爵位をいただいております」

「ああ、知っている。君の活躍は、娘からたくさん聞いた。だから、正直、初めて会う気がしないくらいだ。君が娘の力になってくれて、娘も助かったが、私も救われた。最近は悩むことが減って、以前より身体の調子の良い日が増えたんだ」

と言って、前公爵はほほ笑んだ。

「お父様は引退できたことでね、プレッシャーから解放されて体調が良くなったのよ」

と、シルヴィアが補足する。

「それは良かったです。シルヴィア様の努力があったからこそうまくいったのだと思いますが、私も僅かでもお役に立てたのであれば嬉しいです」

「ふふ、聞いていた通り、君は本当に謙虚なのだな。頼りない娘だと思うが、これからも支えてやってくれ」

と言って、前公爵は俺に向かって頭を下げた。

「頭をお上げください。私などに、もったいない」

「いや。実は、娘から聞いているんだ。娘とプライベートで話すときは、とっくに敬語をやめて友人のようになっているんだろう？　私とも、もっと気楽に話してくれ」

「えぇ!?」

俺は斜め後ろをちらりと振り返ってシルヴィアを見た。彼女はごめんというように手を合わせていた。

――シルヴィア、パパになんでも話しちゃうのか。

でも、その後も和やかに会話は続き、強面《こわもて》に見えていた前公爵と俺は、意外と打ち解けて話すことができた。親子だからだろうか、シルヴィアと話し方が似ている気がした。

「――魔物との戦いに興味があるのか。そうだな、私が倒したのだと、一つ目のサイクロプス、ワイバーン……ああ、なるほど、魔物の見た目が知りたいのか。そうだな……」

前公爵からは、俺が見たことのない魔物の話を聞くことができた。覚えて帰って絵に描いたら、良い画題になりそうだ。

俺は日が暮れるまで、前公爵の話を聞いていた。

その日の夜。

領主城の食堂で、俺は家族とシルヴィアと一緒に、豪華なディナーをいただくことになった。

「ふわぁ。お兄ちゃん、シャンデリア、キラキラしてるね」

「フランセット、お行儀良くしてよ？」

と、母がフランセットに忠告する。

今回のゲストは俺たちだけとはいえ、お城の食堂はとても格式高く、ちゃんとしたマナーが求められそうだった。

「分かってるよ。私、ちゃんとマナーの先生の授業を受けてきたんだからね」

フランセットはシルヴィアの前に進み出ると、

「レヴィントン公爵様、本日はお招きいただき、ありがとうございます」

と言って、綺麗《きれい》なお辞儀を披露した。

妹は俺が男爵になって以降、家庭教師の先生を増やされて、マナーやら教養やら色々勉強させられていた。学習量が増えてかわいそうに思っていたのだけど、彼女はマナーの授業に意外な適性を見せていて、家庭教師の先生から習得が早いと褒められていた。

――フランセットは意外と強心臓なタイプなのかな。城に連れてこられてもあまり緊張していないようだ。

妹は習った行儀作法を使う機会が来たとやる気を見せていた。

――こうなると、心配なのはダニエルの方かもなぁ。

ラントペリー家の料理人のダニエルも一緒に来ていて、レヴィントン家の料理人たちと交流していた。レヴィントン領の郷土料理を習得してもらうために連れてきたけど、ダニエルはコミュ障だから、後で様子を確認しておこう。

食事が始まると、フランセットはちゃんとテーブルマナーを守って料理を食べ始めた。

「レヴィントン領は王都より海が近いから、魚介類が美味《おい》しいのよ」

と、シルヴィアが言う。

夕食には、魚のムニエルとかカルパッチョみたいな料理が出てきた。

王都は海からちょっと距離があるから、普段あまり食べられない魚介類を食べられるのが嬉しい。

さらに——。

「お米……食べるんですね」

海の幸がたくさん載ったパエリアみたいな料理まであった。

「ああ、それも珍しいでしょ。ロア王国は米を育てるのに向かない土地が多いんだけど、たまたまレヴィントン領の一部でだけは育てられるのよ」

おぉ、そうなのか。

久しぶりにお米を食べられるって、いいなぁ。日本のお米とは多分種類が違って粘り気が少ないけど、これはこれで美味しかった。

「お米……」

マナーの先生に教わった通りに食べたいフランセットは、ちょっとパニックになっていた。

「フランセットちゃん、えっとね、こうやって、フォークですくってみて。すくいにくかったら、フォークを右手に持ち替えてもいいからね」

と、シルヴィアが見本を見せて、一緒に食べていた。

その様子をほほ笑ましく眺めながら、俺も久しぶりのお米を美味しくいただいたのだった。


翌日。

早朝からレヴィントン領をさらに西へと進んだ。

前に言っていた通り、これから海の魔物討伐を見学させてもらうのだ。

獲物は、イカによく似た魔物であるクラーケン。食用可能の魔物で、レヴィントン領名物だそうだ。

夏の終わり。

コバルトブルーの海の上に、レヴィントン家の軍船一隻と、近くの漁村の船がいくつか浮かんでいた。

軍船の甲板に、レヴィントン家の兵士がずらりと整列している。

海での戦闘に備えて、彼らは黒い海パンと身体の一部に装甲を身につけたどっかの漫画世界の世紀末みたいなファッションをしていた。

――すごいことになっているなぁ。

海で戦うなら軽装の方がいいのは分かるんだけど、何か変な感じだ。

「お待たせ、アレン。着替えてきたわ」

船内で着替えていたシルヴィアも、武装して出てきた。

――って……。

「ビキニアーマー!?」

男性の兵士が海パンを身につけていることから多少は想定していたけど、シルヴィアの装備は前世のゲームとかにあったロマン装備、ビキニアーマーに似ていた。……あれって、ほとんど水着なのに、ゲームでは防御力の数値が意味不明に高かったなぁ。

「シルヴィア、かなり薄着だね。防御、大丈夫なの?」

恐る恐るシルヴィアに聞いてみた。

「問題ないわ。この装備はレヴィントン家が開発した、水上戦闘に適した設計になっているのよ」

「そうなんだ」

この世界でもビキニアーマーは理不尽な防御力を発揮するのか。

「水上戦闘では、水に浮くのが前提だからね。疲弊して溺れたらマズいでしょ」

「なるほど……」

でも、お腹《なか》とか攻撃されたらどうするんだと思う。……とはいえ、俺は非戦闘員だし、これで納得しておくか。

「ようこそ、ラントペリー男爵。お噂《うわさ》はかねがね伺っております。お会いできて光栄です」

シルヴィアと話していると、見るからに歴戦の戦士から声がかかった。彼がこの船の船長さんらしい。

「今日は仕事場にお邪魔してすみません。よろしくお願いします」

「いえ、ラントペリー男爵はレヴィントン領の恩人。その上、天才画家に我々の仕事ぶりを見ていただけるとは光栄です。乗組員一同張り切っておりますよ」

船長さんはそう言って、ボディビルダーのようにムンッとポーズをとった。筋肉ムキムキだ。

船長さんとの挨拶が終わると、他の兵士たちも俺に近づいてきた。

「今日はよろしくお願いしますね」

俺が挨拶すると、

「はい！　頑張ってカッコイイところを見せるので、ぜひ、画題に使ってやってください！」

と、若い兵士が前のめりに言ってきた。その彼の頭を、ベテランっぽい人がペシリと叩《たた》く。

「いやあ、すみません。お嬢様の肖像画や磁器の絵を見て、憧れてる奴《やつ》が多いんですよ」

「いえいえ。貴重なものを見せていただきますし、描かせていただきますよ」

と、俺は答えた。

――皆さん筋肉ムキムキだし、描きごたえがありそうだ。

前世の小学生のとき、ノートの隅にムキムキマッチョの絵を描いて遊んでいたことがある。子どもの頃は、マッチョの絵って、何でか面白いと思っていたのだ。

だが前世の、絵の下手《へた》な俺にとって、筋肉は難しい画題でもあった。

筋肉の構造は複雑だ。動きによって使われる部位が細かく分かれるし。ガチで筋肉を描きたい人の中には、解剖学にまで手を出す人もいると聞いたことがあった。歴史的有名どころだと、レオナルド・ダ・ヴィンチなども人体解剖図を残していたはずだ。

ともかく、この場は筋肉を観察するチャンスだと思って、戦闘を見学させてもらおう。

それと、シルヴィアのビキニアーマーの絵も、もちろん描くぞ。


「それじゃあ、戦闘を開始するわね」

レヴィントン領の軍船と、現地の漁師さんの連合軍八隻は、漁村の沖で巨大なクラーケンを発見した。

「でっかいイカ……」

「安心して。クラーケン討伐は慣れたものよ。あれは海に浮かぶ大きな食料なんだから！」

シルヴィアはそう言って、甲板から海に飛び込んだ。そのまま、彼女は水中に沈むことなく、水の上を走り出す。

――すごっ、水魔法で足元の水面を操っている！

水魔法って、ウォータージェットみたいにして攻撃する魔法だと思ってたけど、水上を移動するための補助魔法にも使えたのか。

「はっ！」

水しぶきの中、抜き身の剣が白い光を放った。

シルヴィアは、足元の水を器用に操って跳び上がると、襲い掛かるクラーケンの脚を一本切り落とした。

クラーケンは残りの脚で、彼女に攻撃を仕掛ける。

「危ない！」

だが、その頃には他の兵士たちがクラーケンに詰め寄っており、彼らによって残りの脚も切断された。

「脚が海に落ちたぞ！　急げ、回収だっ」

ついてきていた漁師さんたちが、切り落とされた脚を拾っていった。

「ふんっ、食らえっ！」

先ほど挨拶した船長さんは、クラーケンの身体に魔力で強化したパンチを連打していた。

「総攻撃よ」

集中攻撃を食らったクラーケンは、為《な》す術《すべ》なく力尽きて海に浮かんだ。

漁師さんたちはクラーケンにロープをかけ、陸へと引いていく。

「雑魚《ざこ》も残らず捕獲するぞ。こいつらも貴重な収入源だからな」

クラーケンは普通サイズのイカを眷属《けんぞく》としてたくさん引き連れていた。それらは、次々に漁師さんの網にかかっていった。

「討伐完了。今日はこれで引き上げるぞ」

船長さんが言うと、軍船を先頭に、八隻の船は漁港へと戻るのだった。


港に戻ると、俺の家族が出迎えてくれた。

「お兄ちゃん、おかえり～。クラーケン、大きいね」

船を降りると、フランセットが駆け寄ってきた。

「そうだね。これから、アレを食べるんだよ」

「ほえ～？」

妹は目をまん丸にして、クラーケンの白い巨体を眺めていた。

俺は両親と妹に、先ほどまで見てきたクラーケン討伐の様子を語って聞かせた。

その間に、漁師さんたちは近くの空き地で火を熾《おこ》し、クラーケンの脚を豪快に焼き始めた。

しばらくして、俺は漁師さんから巨大なクラーケンの脚の串焼きを受け取った。

「はい、男爵、まずは丸かじりで！」

「ええっ……」

こういうのって、マンガ肉みたいなのでやるもんじゃないのか。

「お兄ちゃん、クラーケン、噛《か》みきれないよ。すごい弾力！　肉汁が出てきて美味しいよ」

フランセットは、領主城でのマナーはどこへいったんだというくらい、豪快にクラーケンに噛《かぶ》り付《つ》いていた。

そうこうしていると、近くの民家で調理された、獲《と》れたてのイカを使った料理も出てきた。

「私も手伝いましたよ、坊ちゃん。たくさん食べてくださいね」

ダニエルも地元民に交ざって、魚介類の扱い方を学習していた。

イカフライ、イカそうめん……時間をおいて煮物も出てきた。

「おおっ！　このイカフライ、絶妙の揚げ加減だな」

「それ、男爵様が連れてきたコックさんが揚げたんですよ。私たちも試食してあまりの美味しさにびっくりしました。料理人の腕でここまで変わるんですねぇ」

と、料理を持ってきてくれた村の女性が教えてくれた。

ダニエルは魚介類の調理でも、着々と腕を上げているようだ。

「フライもスープも、どれも美味しいね！」

「良かった、気に入ってくれて」

キャンプ場みたいな屋外の席で、フランセットとシルヴィアと一緒に、ニコニコと料理を食べた。

「ねえ、シルヴィア、このイカって全部クラーケンのだよね。一緒に獲っていた小さなイカは食べないの？」

「小さいのは干物にして、後で売るのよ。小さいのも食べてみたい？　村の人に言えば、出してくれると思うけど」

「うーん、そうだね……」

俺はふとひらめいた。

――そういえば、レヴィントン城で米をもらっていたよなぁ。

レヴィントン城で出されたパエリアに使われていた米を、俺は頼んで譲ってもらっていた。

俺は、調理場にいるダニエルに会いに行った。

「おや、坊ちゃん、どうしたんですか？」

ダニエルは大きな鍋をぐるぐるとかき回していた。

「作れるか研究してもらいたいものがあるんだ。ちょっと待ってね」

俺はその場でさっとイラストを描いて、〈神眼〉を使った。

《いかめし
作り方は、イカから足とわたを取り除き、イカの胴にもち米と、好みでイカの足や椎茸《しいたけ》などを味付けして詰める。鍋に砂糖・しょうゆ・酒・みりんなどの調味料と水を入れ、イカをひたして加熱する》

「ダニエル、こんなの作ってほしいんだけど……」

俺はイラストを見せながら、ダニエルに説明した。

「いかめし？　坊ちゃん、材料足りないのばかりですよ。代用品で頑張れって……まあ、必要な調理はだいたい終わりましたし、試しに作ってみて食べられそうなのができたら持っていきます」

「ありがとう、お願いするね」

俺はダニエルに無茶《むちゃ》ぶりして、再び席に戻った。

外はいつの間にか日が暮れていた。

皆はキャンプファイアーみたいなたき火を囲んで、のんびりと宴会を続けている。

「お帰り。小さいイカはもらえた？」

「うん。今、ダニエルに作ってもらってる」

席に戻った俺は、スケッチブックを取り出した。

お腹はだいたい満たしたし、印象が強く残っている内に、今日見た魔物退治の絵をメモしておこうと思う。

「さっきの絵を描くの？」

「うん。忘れない内に、デッサンだけ」

「それじゃあ、ライトの魔法を出してあげるね」

シルヴィアは、スケッチブックが見えやすいようにうまく光魔法を使ってくれた。

「ありがとう」

俺はその場で白黒の絵を何枚か描いていった。

しばらくして、漁師さんたちが俺の周りに集まってきた。

「男爵様、何を描いていらっしゃるんで？」

俺は村人にスケッチブックを見せた。

「今日の魔物討伐のときの絵ですよ」

一枚目は船長さんのムキムキマッチョの絵。

二枚目はビキニアーマーのシルヴィア。

三枚目は、後で油絵に仕上げようと思っている絵の下描きだった。

「三枚目の絵、迫力がすごいっスね」

若い漁師さんが、無邪気に俺の絵を称賛してくれた。

その絵は、画面中央のシルヴィアが剣を持った右手を上げ、その後ろからレヴィントン家の兵士さんや漁師さんが続いていく姿を描いていた。

『戦士を導く戦いの女神』って感じにしようかなと」

「ほへ〜。隅っこに、俺らみたいなのも描いてくれたんですね。かっこいい」

皆、興味津々にスケッチブックを見ていた。

ちょうどそこへ、ダニエルがいかめしもどきを持ってきた。

「坊ちゃん、それっぽい料理ができましたよ」

「おお、ダニエル、さすがだね。美味しそう」

「坊ちゃんの無理難題にも慣れてきましたからねぇ。たくさん人がいますし、切り分けますか？」

「お願い」

俺はその場にいた皆と一緒にダニエルのいかめしを試食した。

「いいねぇ。米に味がしみてる」

ダニエルのいかめしは、前世のものと少し違ってはいたが、これはこれで美味しかった。

「ありがとうございます。俺たちもいただきますね。……お、なかなかいける」

「米とイカって、相性が良いんスね。美味《うま》いっス」

いかめしは漁師さんたちにも好評だった。

そのまま、俺はシルヴィアと並んで座って、漁師さんたちと世間話をした。

「しっかりクラーケンが獲れて、今年も安泰ですよ、ありがたい」

「最近は男爵様が開発した磁器で、領地の景気が良くなってるから、海産物もよく売れるんですよ」

と、漁師さんたちが教えてくれた。それを聞いて、シルヴィアは嬉しそうにほほ笑んだ。

「皆が幸せに暮らしてくれていると思うと、私も幸せになれるわ」

と、彼女はホッとしたように言った。その様子を見て漁師さんたちは、

「公爵様の軍が毎年クラーケン退治に協力してくれているお蔭《かげ》で、暮らしていけるんですよ」

「ありがたや、ありがたや〜」

と、さらにシルヴィアを持ち上げていた。

「もう、そんなこと言って。暮らしに不満はないの？」

と、シルヴィアは彼らに尋ねた。

漁師さんたちは顔を見合わせ、

「そうですねぇ。……大きな不満はないですが、つまらない衝突ならありましたよ」

と言った。

「つまらない衝突？」

「俺らの村には漁港があるけど、交易用の港は隣町じゃないですか。領内の大きな道路や運河も隣町を通るし。それで、今、隣町は磁器の輸送の拠点になっていて、特に景気が良いんス。隣町の嫌な奴らが調子に乗ってて、俺らのこと馬鹿にしてくるんスよ。この間なんか、マジでムカついて、血の気の多いのが派手な喧嘩《けんか》をしてました」

「あらら……」

レヴィントン領全体としては、磁器で経済が活性化している。でも、個人の感情は複雑なものだ。発展する地域が近くにあると、取り残されたように思う人も出てしまうのかもしれない。

「今日獲ったイカは、干物になって各地に運ばれていくんですけど、それも、磁器の方が儲《もう》かるからって、最近はイカを輸送することに商人たちが熱心じゃないんですよ」

「それは困るわね」

「いっそのこと、自分たちで売りに行こうかと話しているんです。村の人口は増えてきているし、磁器を扱う奴らと商人を取り合うより、自前でやった方がいいよなって」

「ついでに販路拡大したいんですけど、まとめて持っていってたくさん買ってもらうとなると、どうやって売り込めばいいか分からないんだよなぁ」

「そうよね。相談してくれてありがとう。領主城から、何人か文官を派遣するわ」

「ありがとうございます、シルヴィア様」

「いいのよ。これが私の仕事だし」

と、シルヴィアは優しく言った。

村おこしか……。そういえば、前世では〝ゆるキャラ〟を使って町おこしをするのが流行《はや》っていたなぁ。ネコとかクマの親しみやすいキャラが人気だった。

「街に売りに行くなら、マスコットキャラがいると注目されやすいんじゃないかな」

と、俺は提案してみた。

「マスコットキャラ？」

「何ですか、それ？」

「えっとね……」

俺はスケッチブックにイカのキャラクターをデザインしてみた。

「こんな感じで、可愛《かわい》いキャラクターの絵を商品の傍《そば》に飾ったり、縫いぐるみを作ったりして、お客さんの気を引くんです」

「へえ～」

「男爵様は色んなことを思いつくんだなぁ」

「……けど、イカの化け物を飾って、変に思われないスかね」

漁師さんたちは今一つピンとこない様子だった。

「イカの化け物って……」

マスコット文化がないと、人間以外をキャラクターにして生きている人みたいに扱うのって、変に見えるのかもしれない。

「それなら、ご当地萌《も》えキャラみたいな方がいいかな」

俺は次に、萌えキャラのような絵をデザインしてみた。二人のキャラを描いて、それぞれに赤いクレヨンと青いクレヨンで色をつけた。

「お、可愛い女の子だ」

「こっちの方が好みっス」

漁師さんたちには、人間のキャラの方が受け入れやすいようだった。

「二人ペアなのも良いですね」

海産物を売るキャラとして、赤い服を着た子はタコと赤い魚を持ち、青い服着た方にはイカと青い魚を持たせていた。

「気に入ったのなら、この絵を清書して送りますよ」

「ありがとうございます。このデザインなら、村の女の子二人に似た格好をしてもらって販促できそうです」

「女の子二人？」

「はい。二人っスよね」

俺は瞳をキラリと光らせた。

「青い方は〝男の娘《こ》〟ですよ」

「……は？」

「男女ペアの方がいいでしょう」

「いやでも、どう見ても女の子ですよね、これ」

「いえ、男の娘です」

「ええー？」

漁師さんたちは何とも言えない顔になった。

「女装しろってことですか？」

「はい。インパクトがあると人目を引くかなと」

「ああー……」

漁師さんたちはポカンとしている。

「……すみません、冗談です。女の子でいきましょう」

どうせならと思って、ふざけすぎたな。

「いえ、待ってください！　俺、女装、いけるっス！」

と、漁師さんの中で一番若い男性が手を上げた。

「いや、お前、女装だぞ？」

「やってみる価値はあると思うっス。たしかに、インパクトは重要っス。これから新しく販路を拡大しようっていうなら、覚悟を見せるべきっス。俺の覚悟、見せてやるっス！」

「それは……そうだな」

「たしかに、覚悟を決めて本気で取り組まないと、いつまでも隣町の奴らに馬鹿にされちまう」

「そうっス。あいつらは、領主様や男爵様が開発した磁器のおこぼれで好《よ》い目をみているだけなのに調子に乗ってるっス。でも、俺たちは自分たちの力で稼いでやるんだ」

「そうだな。俺たちの力で商売に成功したんだと言うためには、ぶっ飛んだ覚悟を見せるべきだ」

若者の情熱に、周りの漁師さんたちも納得してしまった。

「やるからにはとことんやりましょう！　村おこし、成功させるっス！」

若い漁師さんはそう言って、決意を固めた。


レヴィントン領から家に帰ってしばらく経《た》った頃。

俺の家に、マスコットキャラの格好をした女の子と男の娘が集団で訪問してきた。

「男爵様、マスコットキャラの絵をたくさん描いてくださってありがとうございました。皆で頑張って衣装を作って、村の特産品を売りに王都まで来ましたよ」

「おぉ、それはすごい。頑張ってくださいね」

マスコットキャラと同じ服装をした男女は、女の子だけでなく、男の娘まで全員可愛かった。

「な……何で、男の娘のクオリティーがこんな高いんだ!?」

「それがね、女装をするのに、化粧に詳しいレヴィントン家の侍女を派遣したの。そしたら、彼女が張り切っちゃって……」

と、シルヴィアに説明された。

「レヴィントン家の本気を見た気がする」

大公爵家が本気で売り出す男の娘、すげぇ。

「男爵様に、マスコットの色んな絵を描き下ろしていただいて、版画も作りました。それを持って、王都で特産品を売りまくってやるっスよ！」

若い漁師の男の娘は、とても張り切っていた。


「さあさあ、レヴィントン領の海産物がお買い得だよ。今なら、イカの干物を十個買ってくれた人には、なんと、ラントペリー男爵描き下ろしの版画がつくよ」

「はいはい、押さないで、並んで、並んでー」

特産品販売の露店は、行列のできる盛況ぶりだった。

漁村の村おこしは大成功だ。


その後。

噂を聞いた他の地域もマスコットキャラを制作するようになり、ロア王国では空前のご当地キャラブームが到来するのだった。

第8章 天才画家、論争を呼ぶ

1 映えるお菓子

その日、俺はデュロン伯爵邸で、デュロン夫人とお茶を飲みながら、劇場で販売するグッズの話をしていた。

「……以上になります」

「今回も全部素敵だったわ。特に、主役の女優の絵が良いわね。いつもありがとう、アレン君」

「こちらこそ、お世話になっております、デュロン夫人」

俺は新作グッズのサンプルをデュロン夫人に見せて、ひと通りの説明を終えた。

すると、夫人は世間話のように、俺に尋ねた。

「そういえば、アレン君の経営するカフェ、最近調子はどう？」

「カフェですか？　そうですね。お蔭様《かげさま》で毎日満席近くお客さんが入ってくださっていますよ」

俺は以前にコーヒーを広めるために、デュロン劇場前にカフェをオープンさせていた。その後、カフェのメニューが人気になったので、ラントペリー商会本店にも客寄せ目的で、小さなカフェを併設した。どちらも、経営は順調だ。

「そう……」

「カフェに、何か問題がありましたか？」

俺はデュロン夫人にも、カフェ経営のノウハウを伝えていて、夫人の経営するカフェもデュロン劇場前にあった。

カフェが二軒並んでいるわけだけど、観劇を終えたお客さんが住み分けして利用しているので、特にお客さんを取り合うというような問題は起きていないはずだった。

「んー、順調は順調なんだけど、最近、物足りなくなってきたのよね」

「物足りない？」

「カフェのメニュー、アレン君が希望者にレシピを配ったでしょ？　皆それを参考に作るから、どの店も同じようになっているのよね」

「あー……」

俺はコーヒーを普及させるために、カフェに出すお菓子のレシピを希望者に配っていた。受け取った人たちは、そのレシピ通りにお菓子を作って、カフェを始めていた。

——そりゃあ、そろそろ飽きられるか。

「それぞれ工夫して、果物を入れたり、蜂蜜を使ったりしているけど、それだけじゃあ物足りないわ。そろそろ新しいことをした方がいいんじゃないかしら」

「なるほど……」

「もっとこう、視覚に訴えるような、お洒落《しゃれ》なお菓子とかあると良いと思うのよ」

「視覚、ですか」

ビジュアルにこだわるの、デュロン夫人らしいなぁ。

そういえば、前世では、写真に撮ってSNSにアップするための、〝映える〟メニューが流行《はや》ってたな。俺は美味《おい》しければそれでいいと思っていたけど、食べ物の綺麗《きれい》な見た目を楽しみたいって人も、世間には多いのかもしれない。

「ラントペリー家には天才料理人のダニエルという方がいるのでしょう？　ぜひ、新メニューの相談をしたいと思ったの」

「ダニエルですか。あー……」

俺がカフェ用に配ったレシピには、ダニエルの名前をでかでかと載せていた。それで、ダニエルはたくさんの新しいお菓子を開発した謎の天才料理人として、王都で評判になっていたのだ。

——でも、ダニエルはコミュ障だからなぁ。

「ダニエルは気難しい性格なので、身分の高い人には会わせられないのですよ。私から相談して、レシピをもらってくるのであれば可能ですが」

「それでお願い。ダニエルさんに、見栄えのする目立つお菓子のレシピを、考えていただきたいわ」

「かしこまりました」

俺はデュロン夫人の依頼を受けて、家に帰った。

ラントペリー家の厨房《ちゅうぼう》。

ダニエルに、デュロン夫人からの依頼を伝えると、彼は困ったというように首を傾《かし》げた。

「坊ちゃんが、俺に見栄えの良いお菓子を考えろと言うのは、変ですよ」

「変？」

「だって、視覚芸術は坊ちゃんの得意分野でしょ。俺にできるのは、味を整えることだけですよ」

「あー……」

ダニエルの料理はとても美味しいけど、そういえば、見た目は普通だったなぁ。

いや、目に見えて美味しそうではあるんだけど、お洒落ではないのだ。

とはいえ、前世のＳＮＳ映えばかり狙った料理は、ビジュアルのために味が微妙になるのを我慢しているんじゃないかと、俺は疑っていた。だから、ダニエルの作る「こういうのでいいんだよ」って料理こそが、俺にはベストだった。

――でも、デュロン夫人が見た目のインパクトを求める気持ちも分かる。

カフェも増えたし、個性を出していかないと飽きられるだろう。

……見た目に注目が集まりそうなお菓子……パフェとかかな？

フルーツを使った鮮やかなパフェや、大きさでインパクトを与える巨大パフェ、動物やキャラクターの形を模したパフェなど、パフェならビジュアルでインパクトを出しやすい。そういうパフェの絵を、俺が〈神に与えられたセンス〉を使って描けば、注目を集められるかもしれない。

んー、ダニエルなら、俺が絵に描いた派手な見た目のパフェを、この世界で手に入る材料を使って再現してくれそうだ。大まかに、アイスクリームとかチョコレートとか、分かりやすい食材だけメモしておけば大丈夫だろう。

そう思って、俺は何枚かパフェのイラストを描いて、ダニエルに制作を頼んだ。


ダニエルとパフェの制作を初めて数日後。

シルヴィアが、俺の家に大きな箱を持ってやってきた。

「この前一緒に行ったレヴィントン領の漁村から、アレンにどうぞって」

箱の中には大量のスルメが入っていた。

レヴィントン領の漁村では、定期的にクラーケンが侵入し、それを退治するときに眷属《けんぞく》の小さなイカもたくさん獲《と》っていた。それを干してスルメにしているのだ。

「ありがとう～。いっぱいあるね」

従業員に配ってもなお余りそうだ。

「最近は王都に頻繁に売りに来ていて、村人たちがいっぱい持ってくるのよ」

「へぇ～」

応接室でそんなことを話していると、扉がノックされて、ダニエルがお菓子を持って入ってきた。

「ダニエル、ありがとう」

彼の後ろには、妹のフランセットもくっついていた。

「シルヴィア様～、一緒におやつ食べましょう」

ダニエルは、妹の分のおやつもこちらに持ってきたらしい。

「坊ちゃんに頼まれたフルーツパフェの試作品ですよ」

と言って、ダニエルは三人分のパフェをテーブルに置いた。

透明なガラスのコップに、色とりどりの果物やアイスクリームが盛り付けられている。

「新作のお菓子？　綺麗ね……」

シルヴィアはすぐには食べず、しばらく瞳をキラキラさせてパフェを眺めていた。

「シルヴィア様、早く、早くっ」

隣に座ったフランセットがシルヴィアをせかす。

「そうね。いただきます」

シルヴィアはアイスクリームを一さじすくって食べた。

「ん～。見た目が可愛《かわい》いと味まで特別な感じがするね」

彼女はパフェを崩さないように少しずつ味わって食べていた。

一方、我が妹は――。

「お兄ちゃん、これ、最高だよ。お菓子がたくさん、果物もたくさんっ。色んな味が一気に食べられる。美味しいよ～」

もしゃもしゃとパフェを食べるのに夢中になっていた。

その妹を横目に見て、シルヴィアは、

「そうね。かなり大きなお菓子ね」

と言った。

「ああ、そっか。見た目にこだわるあまり、色んなデコレーションを考えて描いたから……」

見た目を派手にするためにたくさん飾り付けの果物やアイスクリームを載せたパフェは、自然と大きくなっていった。

「あ……」

シルヴィアはもう一度、隣のフランセットを見た。

「あ……」

俺も気がつく。

妹がダイエットの煎り豆生活をしたときは、ギャン泣きして大変だったのだ。

今はそのときより妹も成長したとはいえ、あの悲劇を繰り返してはならない。

——パフェの試作の続きは、妹に見つからないようにやって、店の従業員にでも試食してもらおう。

だが、パフェを気に入った妹の食に対する情熱はすさまじく、俺とダニエルに彼女の要求を拒むことなどできなかった。

それで、妹の腹まわりは順調に成長していくのだった。

後日。

俺は完成したパフェのレシピをデュロン夫人に渡した。

パフェを気に入った夫人は南方大陸などから珍しい果物を取り寄せ、お抱え料理人にどんどんと目新しいパフェを作らせていった。デュロン夫人の経営するカフェは、珍しいフルーツパフェが食べられる店として、王都で評判になっていった。


一方、我が家では――。

「アレン、またフランセットを太らせたわね！　フランセットはこれから痩せるまで煎り豆生活……いえ、たくさんあるからもったいないし、痩せるまでスルメ生活よ！」

フランセットが太ったことに気づいた母は、またも大変おかんむりで、妹に痩せるまでおやつはスルメのみの生活を言い渡した。


「ぐずっ……パフェ、パフェ食べたいぃ」

母に逆らえない妹は、アトリエで俺にくっついて泣き出した。

「ほらほら、スルメも美味しいよ」

俺は、ダニエルにあぶってもらったスルメの足を妹に食べさせた。

妹はぐずりながらも、スルメを食べた。

「うう……」

「ほらほら、噛《か》めば噛むほど味が出るよ」

と言いながら、俺もスルメを食べる。

「うま……」

正直、俺はパフェよりスルメの方が好きだな。

「ぐずっ……スルメも、美味しいは美味しい」

フランセットは泣きながらスルメをどんどん食べていた。

「あれ？　フランセット、実はスルメ、好きなんじゃないか？」

「スルメは美味しい。でも、甘い物も食べたい」

「そうか」

妹にとっては、おやつ煎り豆生活よりはスルメの方が耐えやすいようだった。

「ふう。お兄ちゃんがスルメ生活に付き合ってくれるなら我慢する」

「分かったよ。フランセットのお腹《なか》がへこむまで、俺もおやつはスルメしか食べないよ」

俺はそう言って、妹の背中をさすってなだめた。

——毎度、妹が太ると大事になるなぁ。

デュロン夫人の依頼だったとはいえ、パフェは見栄えを重視して大きいものを作りすぎた。今後はもっと小さなお菓子にしよう。

——次はどんなお菓子が良いかな？

そんなことをのんびりと考えていた日の夕暮れ。

バルバストル侯爵から手紙が届いて、俺は翌日、王宮に呼び出されることとなった。

2

四つ目の公爵家

王宮にあるバルバストル侯爵の執務室。

真面目《まじめ》そうなデスクと書棚が並ぶ部屋の奥に、男の仕事部屋と思えないファンシーな家具が設置され、クマの縫いぐるみが大中小三つ飾られていた。

その近くのソファーで、女王陛下がお菓子を食べている。

「よう来たの、ラントペリー」

「ははっ。女王陛下におかれましては、ご機嫌麗しゅう――」

「余はプライベートのおやつタイムじゃ。用件はバルバストル侯から聞け」

「はい」

女王陛下に一礼して、俺はバルバストル侯爵の方を向いた。

「実は、君に関わるちょっと厄介な問題が起きているんだ」

「厄介な問題、ですか？」

「ああ。君、ルネーザンス公爵家に敵視されているみたいだよ」

「えぇぇっ!?」

ルネーザンス公爵家――この国に四家ある公爵家の一つだ。

西のレヴィントン、北のマクレゴン、南のワイト、東のルネーザンス。

四つ目の公爵家だけど、ラントペリー商会とは取引がなくて、よく知らない家だった。何で急に嫌われたんだろう？

「ルネーザンス家は、君の描く絵が気に食わないらしいよ」

「えっ？」

それは、俺の存在の全否定に近いぞ。

「私の描いた作品に、ルネーザンス公爵家の方のお気持ちを害するものがあったということでしょうか？」

思えば俺って、異世界でアニメ美少女描いてみたとかをやっていたわけだし、嫌がる人がいてもおかしくはないか。

だが、そこで女王陛下が話に割って入り、

「違うぞ、悪いのはラントペリーではなく、ルネーザンスの阿呆《あほう》どもじゃっ。奴《やつ》らは、奴らこそはっ、このロア王国が芸術分野で長らく後れを取った諸悪の根源っ……！」

と、憎々しげに言った。

「ルネーザンス公爵家は、芸術家の保護に熱心な家なんだ」

と、バルバストル侯爵が説明を続ける。

「芸術家の保護ですか。しかし、陛下のお言葉だと、彼らは国内の芸術の進歩を邪魔している？」

「そう。ルネーザンス家は絵の好みにうるさすぎるんだ。ルネーザンス家は、彼らの推奨する〝正しい絵画〟しか認めない。彼らの理想とする絵を描く画家を支援して、その絵を王国内に広めようとしている」

「ふむふむ」

「彼らの理想に反する絵を描いた画家は、大っぴらに非難された。大公爵家に気に入らないと言われてしまえば、他の貴族たちもルネーザンス家の顔色をうかがってその画家に仕事を依頼しなくなる。そうやって、ルネーザンス家は新しい表現をしようとする画家の芽を摘んでしまっていたんだ」

「なるほど」

新しいことをしようとすると権力者にバッシングされて、画家が委縮してしまい、ロア王国内で芸術が発展しなくなったのか。ん？　でも、俺の美少女絵とかは何で今まで何も言われなかったんだろう？

「……そんな中で、なぜ俺は今まで無事だったのでしょうか？」

「レヴィントン女公爵が早期に味方についていたからだろうね。ルネーザンス家も大貴族同士の衝突を懸念し多少は遠慮していた。それに君が初期に描いていたのが、劇場で売る役者の版画や磁器の絵付けなど、ルネーザンス家が考える芸術作品に入らないものだったことも幸いしたと思う」

「ふむ……」

俺、シルヴィアに守られてたのか。

それと、ルネーザンス家は役者絵や磁器の絵付けという新しいものを芸術作品だとそもそも見なしていなかった。俺がそういう絵を描いても新手の商人の金稼ぎ程度に思われていたのかもしれない。

そういえば、前世でも、昭和の頃の漫画家とかは、芸術家と見なされていなくて大人の世界では無名だったと聞いたことがあるな。それが、漫画やアニメが売れに売れて、芸術分野の長者番付の一位を漫画家がとって、突如無名の画家が出てきたと偉いさんたちが大騒ぎになったとか。

「だが、君がノルト王国に行っている間、多くの貴族が『国の損失だ』とか『国一番の芸術家が国外に出た』とか言って大騒ぎして、それで今まで意識していなかった人まで、君の名前を知るようになった。最近の君の評価は上がりすぎて……ルネーザンス家の理想に反する君が、彼らの支援する画家より良い絵を描いていると世間に思われている。ルネーザンス家にとっては苦々しい事態だ」

「うっ……なるほど……」

参ったな。俺は絵を描くのは好きだけど、芸術家として評価してほしいというのとはちょっとズレているから、そのまま放っておいてくれたらよかったのに。

「それでね、ルネーザンス公爵の孫が、若くて血気盛んな人なんだけど、一度ラントペリー男爵と話がしたいと言ってきているんだ」

「……マジですか」

それ、会いに行って、俺、無事に帰ってこれるのか?

「詳しく言うと、私がそうするように公爵の孫を誘導した。私の祖母はルネーザンス公爵家の出で、今の公爵は私の大伯父《おおおじ》にあたるんだ。彼らを内側から動かして、ルネーザンス家の凝り固まった考えを、そろそろ変えてやろうかと思っている」

「な……なるほど」

ルネーザンス家が俺以外の画家にも害を及ぼしているのなら、対策する必要がある。バルバストル侯爵が動くのは良いことだ。……俺を巻き込まないでほしいけど。

だが、バルバストル侯爵は俺に黒い笑みを浮かべ、

「天才画家の君には、ロア王国の芸術の発展に貢献してもらわなきゃね。芸術界の発展を阻害するルネーザンス家の奇妙なこだわりに付き合い続けられるほど、ロア王国は大国じゃないんだ」

と言った。

「そうじゃそうじゃ！　ルネーザンスの者たちは、国内で好きにあーだこーだ我儘《わがまま》を言っておればよいがの、そのせいで、余が、余がっ、外国の王侯貴族どもから芋い女王と評されるのじゃぞ。芋じゃぞ、芋、余のどこが芋じゃおのれぇぇぇぇぇぇっ！」

女王陛下はそう言って、ポテチをボリボリと食べた。

陛下、芋、好きですよね。

「そういうわけで、協力してもらうよ、ラントペリー男爵」

「え、いや……大公爵家のメンツを潰すような行動は、とても……」

「心配しないで。私も動くし、陛下も君の味方だ。……思いきり君の意見をぶつけてくれ」

「うう……お手柔らかにお願いします」

バルバストル侯爵に押し切られ、俺は後日、彼と一緒にルネーザンス公爵邸を訪問することになるのだった。

ルネーザンス公爵家の王都屋敷。

バルバストル侯爵と一緒に通された応接間には、二十代前半くらいの男性と、中学生くらいの女の子がいた。どちらもザ・貴族って感じの豪華な身なりだ。

「よく来たな、バルバストル侯爵。……それから、ラントペリー男爵か」

と、男の方が俺たちに声をかけてきた。

彼はイケメンのバルバストル侯爵と並んでも遜色ないくらい整った外見で、こげ茶の巻き毛、昭和の少女漫画に出てきそうな貴族だった。女の子の方も整った顔立ちをしているけど、目は少し吊《つ》り目で、ピンクブロンドの髪の毛をツインテールにしていた。

彼らに向かって、バルバストル侯爵は恭しくお辞儀をした。

「ご無沙汰しております、ファビアン公子、マリオン公女。ご明察の通り、こちらがアレン・ラントペリー男爵です。ラントペリー男爵、こちらはファビアン公子とマリオン公女、お二人は現ルネーザンス公爵のお孫様だ」

「お初にお目にかかります。アレン・ラントペリーです」

バルバストル侯爵に続いて俺も自己紹介した。

事前に聞いていた話では、今のルネーザンス公爵は高齢で、跡取りとなる息子を先に亡くしてしまったそうだ。ルネーザンス家の次代は目の前のファビアン公子になるらしい。

『頭の固い老人より、先に若いのから落とす』

というのが、バルバストル侯爵の作戦だった。

だが、若い貴族二人の俺に対する視線は冷ややかだ。

「ふん。王家が我々を無視して商人出の画家をひいきしていると聞いたから、どんな奴か見てやろうと思っていたんだ。聞いていた通り、まだ相当若い奴だったんだな」

と、ファビアン公子は言った。

いや、公子と俺、同じくらいの歳《とし》だと思うんだけど……。

「ファビアン公子、陛下がラントペリーを宮廷画家としたのは、実力を評価してのことです。王宮のエントランスにある肖像画の出来は、公子もご存じでしょう？」

と、バルバストル侯爵は俺を擁護した。

「ああ、たしかにうまかった。だが、あの程度の技術を持つ画家は、ルネーザンス家が支援している中にいくらでもいる」

ファビアン公子はそう言うと、壁際に立つ画家を呼んだ。

「ジミー、こちらへ来なさい」

「は……はい」

公子に呼ばれて、画家らしき男性が俺たちの前に進み出た。三十代後半くらいに見える痩せ型の、地味な顔立ちの人だ。

「ジミーは我が国画壇の大家であるコモンドール先生が認めた優秀な画家だ。彼の作品を含むルネーザンス家の素晴らしいコレクションをまずは見せてやる。話はそれからだ」

と、ファビアン公子は自信満々に言った。

すると、部屋にいた彼の従者が、心得た様子で扉を開ける。

「ついてこい。正しい絵画というものを教えてやる」

ファビアン公子に連れられて、俺たちはルネーザンス邸のギャラリーに案内された。


王都のルネーザンス公爵邸は、建物の半分以上がギャラリーとなっていて、博物館の常設展のようになっていた。

貴族はよく自分の家に人を招くものだが、ルネーザンス家は特に、望む者には誰にでもギャラリーを開放しているらしい。

「すごい、まるで本物のように見える、精密な絵画ですね」

たくさんの人物画や風景画を前に、俺の声は自然と弾んでいた。

俺は絵を描くのも好きだけど、見るのも大好きなのだ。

集められた絵は、事前に聞いていた通り、全部似たようなタッチで描かれていたが、それはそれで面白かった。

どの絵も描き込みがすさまじく、細部まで正確に描かれていて、色調は暗めだった。

「ふふん。すごいだろう。我々が教育した画家たちが、正しい理論を学んで描いたものだからな」

と、ファビアン公子は得意げに言った。

正しい理論……多分、遠近法とかそういうのだろうな。

ルネーザンス家の画家たちは、いかに本物そっくりに描くかにこだわっているようだった。しかし――。

「たしかに、技術は素晴らしい。ですが、ラントペリー男爵の絵ほど魅力的には見えませんね」

と言って、バルバストル侯爵は首を傾《かし》げた。

「む……ここにある作品は、我が国画壇の大御所、コモンドール先生も絶賛したものだぞ。彼の著作を読めば、バルバストル侯爵にもその正しさと素晴らしさが分かるだろう」

「芸術に正しい正しくないがあるのですか？　私には直感的に、ラントペリー男爵が描いたものの方が面白い気がします」

バルバストル侯爵の言葉に、ファビアン公子は見るからに気分を害したと表情を歪《ゆが》めた。

ちょっとぉ、バルバストル侯爵、本当にルネーザンス公爵家相手に譲る気がないんだな。

「な……ならば、とっておきを見せてやる。奥の部屋に来い！」

と、ヒートアップしたファビアン公子は言った。

すると、その言葉に、今までツンと澄まして黙っていたマリオン公女の表情が変わる。

「奥の間!?　あそこはダメよ。誰も人を入れない約束でしょ！」

と、彼女は焦ったように抗議した。

「いや。あの部屋の絵画こそ至高。ついてこい！」

ファビアン公子は強引に俺たちを奥の部屋へ連れていった。

ルネーザンス家のギャラリー奥の小さな白い扉。その金のドアノブを回して開いた先に大切に飾られていたのは――。

「肖像画ですね。同じ人物の絵ばかり……」

そう言って、バルバストル侯爵は戸惑うようにマリオン公女の方を見た。

彼女の頬《ほお》が引《ひ》き攣《つ》る。

「いやっ……見ないで、見ないでぇっ！」

マリオン公女は顔を覆ってその場にうずくまった。

奥の部屋の四方の壁は、敷き詰めるように並べられた大量の肖像画で埋まっていた。そのモデルは、全てマリオン公女だ。今の姿とそっくりの公女や、少し幼い公女、さらには公女らしき赤ちゃんの肖像画まである。

どの絵ももものすごくうまいんだけど、ルネーザンス家の推す画風は重厚で陰影をきかせまくるので、なんていうか……ホラー？　不気味な西洋人形の写真が四方八方に貼り付けられている……みたいな感じだろうか？　何とも言えない気分である。

「たくさんの少女に一斉に睨《にら》みつけられているみたいだね。私でもこの数の女性の恨みを買ったことはないなぁ」

バルバストル侯爵が周囲に聞こえるか聞こえないかくらいの小さな声で呟《つぶや》いていた。

プレイボーイと噂《うわさ》の彼も、ここまでの修羅場を経験したことはないようだ。

「どーうだ。我が国芸術界のホープであるジミーに描かせた妹の成長記録だぞ！　三カ月に一枚、妹の成長がつぶさに分かる素晴らしい作品群だ」

と、ファビアン公子は自慢げに語った。

「は……はい。重要なお仕事を任せていただいて、私は大変ありがたく思っております」

ジミーさんは気まずそうに答えていた。

「ふふん。今日二人をここに招いたのは、今月分のマリオンちゃんの肖像画の作業を進める日でもあったからだ。ジミー、ラントペリー男爵に君の正しい絵画の制作工程を見せてやれ」

「えぇっ!?　ガチで才能のある天才画家のラントペリー男爵に私なぞの作業を見られるのは恥ずかし……いえ、はぁ……かしこまりました。では、アトリエへご案内します」

ジミーさんは力なくそう言って、俺たちを別室に連れていこうとした。だが――。

「いやっ！」

と、マリオン公女が声をあげた。

「私、もう肖像画は描かせない！」

「マリオンちゃん、急に何を言い出すんだ!?」

ファビアン公子が驚いたように聞き返した。

「急じゃない！　私はずっと、嫌だって言っていた」

「な……何が嫌なんだい？」

「ぐすっ……だって、あの画家、何でも克明に絵にするんだもん。私が気にしている吊り目とか、ちょっと切りすぎた前髪とか、全部……全部容赦なく描く！」

「そんなこと、気にする必要はないぞ！　マリオンちゃんはとっても可愛《かわい》いじゃないか。それに、正確に描かないと、マリオンちゃんの三カ月ごとの成長が分からないだろう。お祖父様《じいさま》もお兄ちゃまも屋敷の使用人たちも、皆、マリオンちゃんの成長記録を楽しみにしているんだからね」

「その考え方がキモいぃぃっ」

ついにマリオン公女は泣き出した。ファビアン公子はあたふたするばかりだ。

あーあ。これは、ファビアン公子が悪いような。

年頃の女の子って外見をすごく気にするもんなぁ。

前世で見た何かのドラマで、集合写真の自分の顔を女の子が黒の油性ペンで塗り潰すシーンがあったけど、それくらい、若い女の子にとって写りの悪い写真は見たくないものなのだと思う。

今回は絵だけど、ジミーさんの画力は良くも悪くも写実的ですごくレベルが高くて、本当にそっくりに描いていた。それが、本人には嬉《うれ》しくなかったのだろう。

「もう、肖像画を描かれるの、やめたい」

「そんなぁ。肖像画は、マリオンちゃんが生まれたときから続けてきたことなのに」

「生まれたときから三カ月ごとに妹の肖像画を描かせる兄……」

バルバストル侯爵は、大貴族の御曹司に向ける目とは思えないドン引きした目でファビアン公子を見ていた。

いや、子どもの写真を撮ってアルバムをたくさん作る親とかは前世にけっこういたと思うけど……手間と費用が段違いにかかる肖像画でやるとキモいな、たしかに。

しかし、考えてみると不思議だよなぁ。女の子って、スマホで写真撮るの好きだし、わざわざお金を払ってプリクラとか撮る子も多いのに。

でも、マリオン公女が肖像画を嫌がる気持ちも分かるのだ。

うーん、肖像画を描かれるのが嫌だからといって、自分を絵に描かれること自体が嫌いとはかぎらないのかもしれない。嫌なのは集合写真とか免許証みたいな写りが悪くなりやすい写真で、自撮りしてSNSにあげる写真やプリクラは好き、とか……。

ん？　そういえば、若い女の子のスマホの写真って、加工しまくってたよな。プリクラなんてほとんど別人に撮れるから、たまに男がふざけて、美少女顔の禿《は》げ親父《おやじ》とか美少女顔のマッチョ外国人とか、奇妙な写真を撮っていた。

そっか。肖像画だからといって、正確に本人に似せることだけが正解だと思わなくていいんじゃないかな。

「あの、ファビアン公子、よろしければ、ジミーさんが肖像画を描く隣で、私も同時にマリオン公女を描かせていただけませんか？」

俺は兄妹喧嘩《きょうだいげんか》を続ける二人に、そうお願いしてみた。

「君がジミーと並んで絵を描く？　なるほど、我々の技術に挑みたいと言うのか。なかなかいい度胸じゃないか」

ファビアン公子は不敵な笑みを浮かべてこちらを見た。

「えっ⁉　ラントペリー男爵と競う⁉　そんな、私が男爵ほどの売れっ子と……」

一方で、ジミーさんは自信なさげにビクビクしていた。

「あ、いや、そんな大それたことではないのですけど。マリオン公女が肖像画のことで悩まれているように見えましたので、私も何か力になれたらと思ったんです」

「肖像画をやめさせる方法を考えたの⁉」

と、マリオン公女が俺の発言に食いついてきた。

「いえ、ちょっとしたことなのですが、よろしければ私にも公女を描かせてください」

「いいわ。この状況を変えられるなら、藁《わら》にもすがりたい気分なの。お兄様、ラントペリー男爵と一緒なら描いてもいいわよ」

「……マリオンちゃんがそう言うなら、仕方ない。ラントペリー男爵、許可しよう」

「ありがとうございます」

そういうわけで、俺はルネーザンス公爵令嬢の肖像画を描くこととなった。


マリオン公女の肖像画は、公爵邸の中にある、ジミーさんのアトリエで描かれる。

ジミーさんのアトリエは天井の高い広い部屋だった。その壁には、ルネーザンス家が推す若い画家の絵がいくつも飾られていて、公爵家が画家を大切に扱っていることが伝わってきた。

大きな窓の白いカーテン越しに、昼下がりの柔らかい陽光が部屋に差し込んでいる。椅子に座ったマリオン公女の前に、二つのキャンバスが並べ置かれた。

「うぅ……なんでこんなことに……」

ジミーさんは争いごとが嫌いらしい。彼は俺の隣で、しぶしぶといった様子で筆を取っていた。

一方――。

「ジミー、いけ！　ルネーザンス家が認めた画家の実力を見せてやれ」

と、ファビアン公子はノリノリだった。

「もう、いいから、描くならさっさと描いちゃってよ！」

「はい、すみません」

「それでは、取り掛からせていただきます」

マリオン公女に言われて、俺たちは制作を始めた。


ジミーさんは自信なさそうにしていたけど、ファビアン公子が自信満々に紹介してきただけあって、かなり優秀な画家だった。

彼の写真のように正確な描写があってこそ、三カ月ごとの肖像画でマリオン公女の変化を見るなんてことができるのだ。

俺も、チートスキルで対抗するのは申し訳ないけど、〈緻密な描写力〉を使えば、ジミーさんと同じように写真みたいな絵を描くことは可能だった。

ただ、マリオン公女はあまりに克明な描写を嫌がっているようだ。

——どう描くかな。

写真のない世界で、一般的に肖像画に求められるのは、まず人物の姿を記録することだ。ファビアン公子が求めているのも、成長していくマリオン公女の姿を残すことだろう。

一方で、前世の地球での似顔絵は、写真との違いが求められるためか、個性的なものが多かった。変わった画材を使ったり、一筆書きしたり、米粒に描いたりなどなど……。

それと、一部では「似顔絵は悪意がある方が似る」と言われるほど、人物の特徴をデフォルメして描くことも多かった。

今回はマリオン公女の気持ちを考えて、極端な誇張はしない方がいいだろうけど、写真とは違う個性的な絵にするのも面白いかもしれない。


しばらくその場でデッサンした後、肖像画は持ち帰って仕上げることになった。

「途中の絵は見ないでおく。十日後に完成品を比べて勝負だ！」

いつの間にか、ファビアン公子によって、俺はジミーさんと絵描き勝負をすることになっていた。

「お手柔らかにお願いしますね」

俺がやるべきなのは、ルネーザンス家の画家に勝つことではなく、彼らに画家の多様な表現を認めさせることだ。

「それじゃあ、十日後に私ももう一度ここに来るよ。ラントペリー男爵、頑張ってね」

「ありがとうございます、バルバストル侯爵」

ひとまず、俺は肖像画を持ち帰って仕上げることにした。

《マリオン・ルネーザンス　十四歳
ルネーザンス公爵の孫。兄に溺愛されている。だが、家のお抱え画家にいつも不気味な肖像画を描かれ、それを褒《ほ》め称《たた》える兄と芸術家たちに、内心かなり不満を溜《た》めている》

〈神眼〉の情報を見ると、マリオン公女の肖像画問題も、何とかしてあげたい気がしてくるなぁ。

十日後。

俺とバルバストル侯爵は、完成した肖像画を持って再びルネーザンス公爵邸を訪れていた。

前回と同じジミーさんのアトリエに、布がかけられた二つのキャンバスが並べ置かれた。ギャラリーは俺とバルバストル侯爵、ファビアン公子とマリオン公女、ジミーさんと若い修業中の画家数名、それに、公爵邸の使用人さんたちだ。

「それでは、まずジミーの絵を見ようか」

「かしこまりました。こちらになります」

ファビアン公子に言われて、ジミーさんは布を外して、自身の描いた肖像画を皆に見せた。

人物も背景も、ドレスの柄まで、緻密に描き込まれた作品だ。

「おぉ、さすがはジミーだ！　いつも通り、素晴らしいクオリティで、マリオンちゃんの成長記録に相応《ふさわ》しい。この絵ならば前回からマリオンちゃんの身長が五ミリ成長したことまで伝わってきそうだ」

と、ファビアン公子は満足そうに言った。だが——。

「もう！　また吊り目に描いてる……」

モデルとなったマリオン公女はぷくりと頰を膨らませていた。やはり彼女は、リアルに描きすぎた肖像画をお気に召さない様子だ。

しかし、彼女以外のギャラリーは皆、ジミーさんの肖像画を見てしきりに頷《うなず》いたり褒めたりしていた。

「ふむ。もうこれで勝負はあったようなものだが、一応、ラントペリー男爵の方も見ておこうか」

「かしこまりました」

ファビアン公子に促されて、俺も自分の肖像画にかけられた布を取り払った。

「こ……これは!?」

「なんと鮮やかな」

「え、これが私？　……超カワイイ！」

俺の絵を見たギャラリーは、一様に目を丸くして驚いた。

俺の絵は、ジミーさんの肖像画とはかなり違うものになっていた。

あの日、窓から差し込んでいた光をふんだんに取り入れ、柔らかい陽光の中でほほ笑む少女。光は全体に物の輪郭をぼんやりとさせている。だが、少女の薔薇色《ばらいろ》の頬と、唇のピンク色は鮮やかだ。

細かい部分は、ジミーさんの絵ほど緻密ではない。

例えば、マリオン公女の着ている花柄のドレス、ジミーさんは柄一つ一つを克明に描いていた。

一方、俺は筆をポンと置いただけのような描き方だ。

色調も違う。俺の絵の方が全体に明度が高かった。

俺の絵も一目でマリオン公女と分かる形は取れている。その上で、ぼやっとしたタッチは七難を隠していた。

要は、俺はマリオン公女の肖像画にフィルターをかけて盛った。

「こ……これは、何と生き生きとした美少女。いや、マリオンちゃんがモデルなのだから、可愛いのは当然なのだが……どうやったらこんな作品が描けるんだ？」

ファビアン公子は興味津々な様子で俺の絵に近づき、顔がくっつくほどの至近距離で観察しだした。だが――。

「……ん？　これはっ……筆の跡が残っているじゃないか！　なんと雑な絵を出してきたな！」

ファビアン公子は急に顔を険しくし、批判の声をあげた。

「こんな絵を私に見せるとは。マリオンちゃんにも失礼だぞ」

と、ファビアン公子は怒り出す。

彼にとって、絵とはルネーザンス家の示す正しいルールに従って描かれるもので、そこから外れることは許されなかった。

部屋に緊張感が走る。

「このドレスの花柄を比べてみろ！　ジミーの絵のいかに正確なことか。あの日マリオンちゃんが着ていたドレスの柄がはっきりと分かる。それに比べてラントペリー男爵の絵は何だ。かろうじて花柄と分かる程度じゃないか」

怒りとともにファビアン公子はまくし立てた。

権力者の荒々しい態度に、近くにいたジミーさんがビクビクと怖がっているのが伝わってきた。

俺も怖い。

でも、ここを切り抜けないと先へ進めない。ルネーザンス家のギャラリーを見て、彼らの絵の特徴は分かっていた。だから、こういう批判が出るのは想定済みだ。事前に反論は準備してきていた。

「お言葉ですが、ファビアン公子、あなたはマリオン公女を見るとき、ドレスの柄まではっきり目に入っていますか？」

「……？　当たり前だろう。私の視力は悪くないぞ」

「本当に？　可愛いマリオン公女が目の前にいるのに、ドレスの柄まで目に入るのですか？」

「ん？　そうだな……」

ファビアン公子は目を伏せて、しばらく考えをめぐらせた。

「ドレスとマリオン公女、どっちが大事なんです？」

「マリオンちゃんに決まっているだろ！　可愛いマリオンちゃんがいるのに、ドレスなんか目に入らない。ドレスはオマケだ！」

ファビアン公子はそう言うと、ハッと気づいたような表情になった。

「実のところ、ファビアン公子が見ているマリオン公女は、私の絵の方に近いのではないですか？」

「そ……そうだ。マリオンちゃんのキラキラした瞳、薔薇色のほっぺ、可愛い唇……そんなの見たら、他に目が行くわけがない！」

「……お兄様、いちいち発言がキモイ」

マリオン公女は嫌そうに兄を見て呟いていた。

「つまり、この絵こそがファビアン公子が見ている本当のマリオン公女の姿なのです」

「なんと……！」

ファビアン公子は大きな衝撃を受けたように絶句して固まった。

……って、本当に俺の絵がファビアン公子の見たままかは分からないんだけどね。

ただ、前世で見ていたお絵描き解説動画で、描き込みすぎた絵はかえって分かりにくくなるみたいなことを、凄腕《すごうで》の絵師さんが解説していたことがあったのだ。

そこでは、注目してほしい人物などを丁寧に描写したら、他はそれより描き込みを落とすようにアドバイスされていた。

それと、スマホが普及して写真が日常的に撮られていた前世では、写真の撮り方とかピントをどこに合わせるかとかは、素人《しろうと》でも意識することがあった。例えば、スマホカメラで風景写真を撮るときに、手前の花を主役に撮ると奥の建物はぼやけて写り、建物にピントを合わせると手前の花はぼやける、みたいな。写真のように精密に絵に描く場合でも、ピントを意識したら遠景などぼやける部分が出てくる方が自然なのだ。

そういう前世の経験を思い出して、俺はジミーさんとは違うタッチの絵を描いていたのだった。

しばらくして、再びファビアン公子が動き出した。

彼は困惑した表情で、ゴクリと唾を飲み込んだ。

「だが……だが……ルネーザンス家が代々支持する正しい芸術の大家、コモンドール先生の教えに従えば、絵は画面の細部まで妥協なく精密に描き込まなければならないんだ！　ラントペリー男爵のように筆の跡を残すなど言語道断。やはり、マリオンちゃんの肖像画は正しい絵で残さなければ」

ファビアン公子はボソボソと早口で呟いた。

そんな彼に向かって、

「いい加減にして！」

と、マリオン公女が一喝した。

「服の柄が何よ！　絵は、お兄様みたいにキャンバスに顔を寄せて見るものじゃないわ。ラントペリー男爵の絵は、ちゃんと私を描いている！」

「……マリオンちゃん、誤魔化《ごまか》されてはダメだよ。たしかにラントペリー男爵の絵も可愛く描けてはいるけど、こんな絵じゃあマリオンちゃんの成長記録にならないよ」

「違うわ！　違うのよ……むしろ、ジミーの方が私をちゃんと描いていなかったんだわ」

心の底から言葉を絞り出すようにして、マリオン公女は意外なことを言い出した。

「ジミーの絵がマリオンちゃんじゃない？　え……そんなはずないだろう？」

ファビアン公子はきょとんとした顔になった。

ジミーさんの絵は細かい部分まで念入りに描かれている。正直俺にも、俺の絵の方が盛っていて、正確なのはジミーさんのように見えるのだけど。

しかし、マリオン公女の感性は、二つの絵を意外な見方で捉えていた。

「ラントペリー男爵の絵を見て分かったの。ジミーは、私の死体の絵を描いていたのよ！」

「なっ……!?」

「し……死体っ!?」

マリオン公女の衝撃発言に、周囲がざわつく。

「ジミーの絵はたしかに形としては私とそっくりに描いてあるわ。でも、硬すぎる。生き物としての動きが全く感じられないの」

「そんな……」

絶句する人々の中で、バルバストル侯爵が、

「ああ、なるほど」

と呟いた。

「公女の肖像画がたくさん置いてある部屋に入ったとき、何となく不気味に感じていたんです。た

しかに、死体の絵だと思うと納得ですね」

「な……おい、バルバストル侯、それは言いすぎだろう！」

バルバストル侯爵の言葉に、ファビアン公子が抗議する。

「言いすぎじゃないわ！　この絵の肌を見てよ。どれだけ私の肌をくすませれば気が済むの？　灰色を塗り重ねたような肌からは生命を感じない。ジミーの絵の中の人物は生きていない。重い、暗い、こんなの私じゃない！」

「い……いえ、公女、実際の人間の皮膚というのは、かなり灰色に近い色をしているものなのですよ」

「そうだぞ、マリオンちゃん。ジミーはコモンドール先生の下で長年修業して、正しい技法を学んでいるんだ。独学のラントペリー男爵とは違うんだ」

「そんなこと言うけど、現実的に、私たちが支援している国内画家の絵って、売れてないじゃない！」

「なっ……」

「売れな……」

「ジミー、他に仕事が入らないから、私の肖像画で食い繋《つな》いでるって、知ってるんだからね」

「いや、マリオンちゃん、ジミーはマリオンちゃんの専属画家……」

「た……たしかに、私の作品は、ルネーザンス家の伝手《つて》がなければ売れておりません。義理で買われているようなものです。はい……」

マリオン公女の言葉に、ジミーさんはかなりのダメージを食らっていた。

「それに、ウチのギャラリーにある絵って、何か野暮《やぼ》ったいのよね。何をテーマに描いているのかピンとこない絵も多いし。ラントペリー男爵の絵は、一瞬で目に飛び込んできたのにね」

「いや、ラントペリー男爵の絵は背景だって歪んで……」

「この際だから言っちゃうけど、正確に描いたからって何なの？　ジミーのこの床の真《ま》っ直《す》ぐな線、どう見ても絵にとって邪魔じゃない」

「なっ……」

「ダサい、暗い、野暮ったい！　だから売れないのよ！」

容赦ないマリオン公女のダメ出しに、ファビアン公子とジミーさんは膝から崩れ落ちた。

「ダサい……ですか。はは……薄々は分かっていました。私の絵には魅力がないんです。ロア王国の芸術界を発展させるために、頑張らないといけないのに」

「ジミー……」

その場に膝をついたまま立ち上がれないジミーさんの背中を、ファビアン公子がさすった。

「そんなに気を落とすな。ジミーの絵はコモンドール先生だって認めていただろう」

「いえ……本当は、ファビアン公子もお気づきなのでしょう？　我々の絵に魅力がないから、ロア王国の人々は国内画家の絵に興味を持たなくなったと」

「ジミー……」

ファビアン公子は目を伏せて、しばらく沈黙した。

その後、顔を上げてもう一度俺とジミーさんの絵を見比べた。

「たしかに、我々は変わらなければならないのかもしれないな。我々の絵は、国内で求められていない。国内の貴族や金持ちは、自国の画家の絵ではなく、高価な外国人画家の絵を買っている。経済力をつけた平民たちは、ラントペリー男爵の絵を真似《まね》た素人画家の絵を売り買いしているようだ。それに――」

――へ？

そう言って、ファビアン公子は俺の絵をジッと見つめると、ジミーさんの方を振り返った。

「私も絵を見る教育はされてきたから、本心では気づいていた。……ジミー、正直に答えろ。ラントペリー男爵の絵は、異常だよな？」

「はい。ラントペリー男爵は、我々の知っているあらゆる技法に習熟し、その上で未知の理論まで使われているように思います」

「あ……いや……」

技法や理論って、そんな学んだわけじゃないんだけど。多分、前世でネットを通して大量の画像を見た経験にチートスキルが組み合わさって、こっちの世界の人の感覚ではあり得ない作品が描けていたんだろうなぁ。

「ここまでの天才が出現してしまったんだ。否応《いやおう》なく時代は変わるだろう。ラントペリー男爵に敵意を向けている場合ではない。意固地にならず、ラントペリー男爵から学ぶべきだ」

「はい。ラントペリー男爵と同じ画題で絵を描けて、良い機会でした。私の至らなさを痛感しました」

「あ……いや……」

チートスキルをここまで持ち上げられると、ちょっと申し訳なくなってくる。

それに、ジミーさんの絵は普通にうまいんだよ。マリオン公女は色々と不満が溜まっていたのか、ボロクソに言っちゃってたけど。それも単に、俺がチートスキルで彼女の好みを突いたから、極端に差がついて見えただけなのだ。

「俺はジミーさんの絵、良いと思いますよ」

「いいえ。気を遣わないでください。それより、お願いがあります。ラントペリー男爵、どうか私の絵に助言していただけませんか？」

「へ？」

いやいや。ジミーさんは、コモンドール先生とかいう偉い先生の弟子なんじゃないのか？

「お願いします！　私にラントペリー男爵の絵を学ばせてください」

「あ、いや、ジミーさんはすでに立派な先生について学ばれて、完成した腕をお持ちでしょう」

「いいや、私からも頼む、ラントペリー男爵！　このままではルネーザンス家の芸術はダメになる。私も心の底では分かっていたんだ。どうか力を貸してくれ」

「えぇっ!?」

ファビアン公子まで乗ってきて、俺に絵を教えろと言い出した。

「うんうん、それがいいわ。私はずーっと、コモンドール先生のやり方じゃ国民に支持される絵は描けないと思っていたのよ。良い機会なんだから、とことんジミーの画風を改造するわよ！」

マリオン公女はもちろんノリノリだ。

——こ……断れねぇ。バルバストル侯爵と女王陛下の意向もあるし、ここは受けておくか。

「分かりました。ジミーさんの作品を見て、少し助言する程度ならやらせていただきます」

「よろしくお願いします！」

そんな流れで、俺はジミーさんの絵に少しアドバイスすることになった。


ジミーさんは、俺のチートスキルでいう〈緻密な描写力〉を天然で持っているような人だった。

俺との差は〈神に与えられたセンス〉の有無なのだろう。

俺は、〈神に与えられたセンス〉を使って、ルネーザンス家にあったジミーさんの作品の改善点を指摘しておいた。

「うんうん。これでルネーザンス家の若手は落とせたね。次は老人どもを……」

俺がジミーさんにアドバイスする背後で、バルバストル侯爵は黒い笑みを浮かべていた。

大丈夫かなぁ。まだ、ルネーザンス公爵本人の説得が残っているんだよな。

円満に話が進むといいんだけど。


ジミーさんと肖像画勝負をしてからしばらく経《た》った頃。

俺は、遊びに来たシルヴィアを、ラントペリー商会の応接間に通していた。

彼女の前には、フルーツや生クリームで飾り付けられたカスタードプリンが置かれていた。

「これが、フランセットちゃんが太りすぎないようにパフェの代わりに作ったお菓子？」

「うん。プリンアラモードって言うんだ」

最近はパフェが大好きになってしまった妹に、パフェよりはカロリーが低いだろうプリンを、代わりに作ってやっていた。

「プリンアラモード……たしかに、これくらいのサイズなら、パフェほどは太らないわね。でも、これも毎日食べるとちょっとずつ太りそうだけど」

「それも考えてね、フランセットはダンス教室に通わせることにしたんだ。運動していれば、たくさん食べても太りにくくなるだろうし」

「そうなんだ、ダンス教室……」

もともとフランセットは、家庭教師の先生からマナーを教わるついでに最低限の社交ダンスも習っていた。ただ、それだけだと消費カロリーが少ないので、同年代の子どもと一緒に長時間踊れる教室に通うことになった。

「近所のお友だちのメアリーちゃんも一緒でね。半分遊びで通っているよ」

「へえ〜。フランセットちゃんが踊っているところ、見てみたいなぁ」

「いやぁ、レッスンを見学したけど、変な踊り方だったよ」

俺はフランセットのふにゃふにゃした踊りを思い出して、苦笑いした。

そんな世間話をしている内に日が暮れ出して、シルヴィアは家に帰る時間になった。

シルヴィアを馬車まで見送りに出ると、ちょうど、貴族の従者らしき人物が、手紙を持って俺の家に来ていた。

「バルバストル侯爵からのお手紙です」

「ありがとうございます」

俺は綺麗《きれい》な封筒に入った手紙を受け取った。

――多分、ルネーザンス公爵家の件だろうな。

そう思って何となく手元の封筒を眺めていると、シルヴィアがこちらを見ていた。

「バルバストル侯爵と、何かしているの？」

「あ、うん。ちょっとね……」

シルヴィアはこちらを心配するような目つきで、

「大丈夫なの？」

と言った。

「大丈夫って？」

「だって、バルバストル侯爵、ちょっと胡散臭《うさんくさ》いところがあるじゃない。アレンに厄介事を押し付けていないか心配なのよ」

「胡散臭い……」

侯爵、シルヴィアにそんな風に見られていたのか。

「あの人、優しいアレンに面倒事を持ち込んで、アレンの時間を取って、アレンとずっと一緒にいるんでしょ。ムカつく！」

「え……いや……」

別にバルバストル侯爵は俺と一緒にいたくて面倒事を持ってきているわけではないと思うぞ。

「アレン、バルバストル侯爵に困らされているなら私に言ってよ。私から抗議してやるんだからっ！」

シルヴィアはプンプンと怒っていた。

「んー、たしかにバルバストル侯爵とある問題に関わってはいるよ。でも、必要なことだと思うから協力してるんだ」

「そうなの？」

「うん。落ち着いたらまた説明するよ」

「待ってるから、ちゃんと教えてよ」

「分かった」

俺はそう約束して、シルヴィアを見送った。


「さて、手紙……」

俺はバルバストル侯爵からの手紙を読んだ。

『……ルネーザンス家に動きがあった。君のアドバイスを受けたジミーが画風を変えて描いた絵を見て、ルネーザンス公爵の取り巻きの画家がたいそう怒ったらしい。君を名指しで呼び出してきた。明日、迎えをやるから、一緒に公爵邸に来てほしい……』

「うわっ……」

いよいよ、ルネーザンス公爵と対面か。

バルバストル侯爵が黒い笑みを浮かべているのが目に浮かぶなぁ。年配の人と交渉するのは大変そうなんだけど。

シルヴィアにちゃんと説明できるように、丸く収まるといいなぁ。

翌日。

バルバストル侯爵と一緒に、ルネーザンス公爵邸を訪問した。

通された広い部屋には、公爵と画家らしき老人たち、ファビアン公子とマリオン公女を含むたくさんの人がいた。

その部屋の中央に一枚の絵が置かれ、傍《そば》には半泣きのジミーさんが立っている。

「バルバストル侯爵とラントペリー男爵をお連れしました」

部屋に入るなり執事っぽい人がそう言うと、部屋の中の人々の視線が一斉にこちらに集まった。

「ルネーザンス公爵、お招きいただき感謝します。こちらの青年がアレン・ラントペリー男爵です。

本日彼を呼び出されたのは、どのようなご用件でしょうか？」

バルバストル侯爵が、まずルネーザンス公爵に挨拶した。

公爵は七十代半ばくらいの、小柄な垂れ目の老人だった。

「ああ、バルバストル侯。わざわざ来てくれてありがとう。コモンドール先生が、どうしてもアレン・ラントペリーに会いたいと言うので、連れてきてもらったよ。後の話は、直接コモンドール先生としてくれ」

公爵の声は小さく、彼はそれだけ言うと、奥のソファーに引っ込んでしまった。

代わりに、チリチリの灰色の髪の老人が、俺たちの前に進み出てきた。……なんか、前世で見たモップ犬みたいな見た目をしている。

「あなたが、アレン・ラントペリー男爵か。儂《わし》はコモンドールと言う者じゃ」

「ああ、コモンドール先生」

ファビアン公子やジミーさんがよく名前を挙げていた人だな。

「ふむ。男爵も一応絵を描くだけに、儂の名前は知っておられたか。だが、そうでありながら、儂の弟子に色々と間違ったことを吹き込むとはのぅ」

と、コモンドール先生は俺を睨みつけた――睨みつけてるんだと思う、髪の毛で目が隠れていて見えないけど。

「色々と吹き込む……とは？」

「ふんっ、これを見なされ！」

そう言ってコモンドール先生が指したのは、さっきから部屋の中央に置かれていた絵、花に包まれたマリオン公女の肖像画だった。

「ジミーさんの新作、良い絵ですよね」

季節を無視してあらゆる時と場所で咲き誇る美しい花々が、マリオン公女の髪やドレスを飾っている。花の描写は正確で写実的だが、現実にはありえない幻想的な絵だ。

「こんなリアリティのない絵を、よく描いたものだ！」

怒り心頭に、コモンドール先生は言った。

「そうですか？　良い絵だと思いますが……」

「男爵は何も分かっていない！」

コモンドール先生は老人とは思えない大声で俺を怒鳴りつけた。

「ここに私の作品を持ってきなさい！」

「は……はい」

彼に言われて、ルネーザンス家の使用人たちは慌てて部屋を飛び出していった。

しばらくして、大きな額縁が二人がかりで運び込まれた。

「どうですかな？　私が描いたルネーザンス公爵閣下の肖像じゃ」

「おぉ、これはこれは。素晴らしい作品ですね」

さすがにコモンドール先生も、これだけ先生と呼ばれている人だ。重厚な、良い絵を描いていた。

「お分かりか？　これが正しい絵なのじゃ。ジミーの絵のいかに愚かなことか」

「いやいや。ジミーさんの絵も素敵ですよ」

「何じゃと!? ジミーの絵は陰影も何もあったものではない。ろくな影もつけず、ふわふわした絵を描きおって……」

「んー、でも、そこが良いって人もいると思いますけど」

「なっ……そのような安っぽい感性で絵を語らないでいただきたい！」

コモンドール先生はまたも声を張り上げた。

彼はかなり沸騰しやすい性格のようだ。

「ま……まぁまぁ先生、落ち着いてくださいよ」

ファビアン公子がコモンドール先生をなだめた。

大公爵家の御曹司がただの画家の機嫌を取るというのも変な感じだけど、コモンドール先生はルネーザンス公爵の大切な友人なのだそうだ。

以前にファビアン公子から聞いた話、ルネーザンス公爵は跡取り息子を先に亡くして以降、落ち込んで覇気をなくしてしまったそうだ。彼は孫のファビアン公子に家を引き継ぐまで、現状維持を続けるように行動してきていた。

それは、新しいものを取り入れない態度に繋がってしまったのかもしれない。彼は先代から支持されてきた画風だけを正しいものだとして、その画壇の重鎮であるコモンドール先生の言いなりになった。そのせいで、新しい画風を描く画家は拒絶され、国内の芸術の発展を妨げてしまった。

そんなルネーザンス公爵は、奥のソファーからジッとこちらを見ていた。

「ラントペリー男爵、コモンドール先生を怒らせるのはよくないよ。君よりずっと経験を積んでこられた、立派な先生なのだから」

と、彼は俺に忠告する。

「はい……」

「公爵！　もっと言ってやってください。このままでは我が国の芸術界が堕落してしまいます」

と、コモンドール先生はルネーザンス公爵に訴えかけた。

「そうじゃのぅ……」

ルネーザンス公爵は困ったように顎ひげを撫《な》でた。

だんだん分かってきたけど、公爵自身はあんまり過激な行動をするタイプじゃないんだな。性格が激しいのはコモンドール先生の方だ。

「あの、よろしいでしょうか？」

「ん？　何だね、ラントペリー男爵」

「コモンドール先生は今の芸術界を憂いておられますが、現状の国内画家の絵の売れ行きを見るに、その思想は世間にあまり伝わっておりません」

「ぐ……おのれっ　何という言い草」

「ふむぅ。はっきり言うね、君は」

「私はコモンドール先生とは異なる画風で絵を描いておりますが、コモンドール先生たちが描かれる絵も素晴らしいと思っております。それが知られていないのは残念です」

俺がそう言うと、バルバストル侯爵が横から、

「残念？　王宮の人間は、自業自得だと思っていますよ。あなた方が若い画家の芽を摘んできたせいで、ロア王国全体が芸術分野の後進国になったと、女王陛下はお考えです」

と、すごいことを言い出した。

「な……な……な……」

コモンドール先生は口をパクパクして固まってしまった。なんか、そうしてると本当にモップ犬みたいだ。

「バルバストル侯、それはさすがに言いすぎじゃないかね」

と、ルネーザンス公爵も顔を曇らせた。

「いえ。それくらいの危機意識を持って対処してほしいのです。我が国は魔物の討伐を完了させ、国内は平和になりました。ですがそれは、魔物の討伐で貴族の価値を示せなくなったということでもあります。その上、貴族が芸術の発展を阻害していると思われるわけにはいきません」

「ふうむ……」

バルバストル侯爵の言葉に、ルネーザンス公爵は黙って考え込んでしまった。

「く……儂らは何も間違ってはおらん！　ルネーザンス公爵家は、どこぞの金を稼ぐために人気取りの絵を描く者どもから正しい芸術を守るために、尽力してきたのじゃ！」

コモンドール先生は腹から絞り出すように言った。

「はい。私もコモンドール先生のお考えは本物だと思ってますよ」

「な……に……を、お主、さっきからのらりくらりと口先だけ儂らに同調するようなことを言いおって。儂らを愚弄しておるのか!?　この、詐欺師め！」

さ……ぎ……？

「ぷっ……」

コモンドール先生の叫びに、バルバストル侯爵が噴き出した。

ちょっと、侯爵、笑わないでよ。

俺が詐欺師なら侯爵も胡散臭い仲間なんだからなっ！

「いえ。騙《だま》すつもりなどありません。ただ、正しいものを正しいと普通の人にも分かるように示すには、本物と偽物を比べる必要があると思うのです。ルネーザンス家が認める本物以外を排除してしまえば、本物の何が良いかを人々が知る機会も失われるのです」

「屁理屈《へりくつ》を……」

「いや、ラントペリー男爵の言うことにも一理ある気もするのう」

ルネーザンス公爵は俺の言葉に揺れているようだった。

「ここは、大々的にコンクールなどを開いて国中から絵画を集め、良し悪《よあ》しを見るのがよいと思います」

「コンクール、となな？　ルネーザンス家ではコモンドール先生の批評会を毎年開催しておるんじゃが……」

「いえ。それでは、最初からコモンドール先生が考える〝正しい〟絵画以外、排除されてしまっているんです。そうではなく、もっと広く作品を公募して、あらゆる絵画を集めて広い会場に展示しましょう」

「あらゆる絵画……」

「公爵、騙されてはなりません！　ラントペリー男爵は、パッと見だけは美しい自分の絵と、我々の重厚な作品を並べ、我々の絵を貶《おとし》めようと企《たくら》んでおるのです！」

「そこは、作品を説明する機会も必要ですね。とはいえ、全ての作品に解説を入れると鑑賞しにくくなりますから、特に注目する作品について、コモンドール先生と私、それぞれ五作品ずつ選んで意見を言うなんてどうでしょう？」

「む……男爵のような若者が、儂と同列で絵を品評するだと？」

コモンドール先生はジトッとこちらを睨んだ。

「いや、それでいいのでは？　ラントペリー男爵の絵画は女王陛下が認めているのです。不足はないでしょう」

と、バルバストル侯爵が言う。

「ぐぬぬ……なら、それで構わん」

「国内の芸術の振興は、女王陛下の願いでもあります。国中から作品を集めるなら、広い会場が必要でしょう。それは、王家の持つ宮殿のどこかを貸すことにします。それでも作品数が多くなりそうなら、一人一作品のみにするなどのルールも必要でしょうが……」

「そこは、実際にやってみて状況を見て対応していきましょう」

「そうですね。ひとまず、絵画コンクールを開催するということで、構いませんね、ルネーザンス公爵？」

と、バルバストル侯爵はルネーザンス公爵を見た。

「ふむ。儂は構わんよ。コモンドール先生はどうかね？」

「いいでしょう。ただし、しっかりと儂の意見を言わせていただくぞ」

「はい。二人で五作品ずつ選んで、聴衆の前で作品の講評をしましょう。コモンドール先生が直々に聴衆に向かって作品の良し悪しを教授してください。そうすれば、聴衆の芸術に対する理解も深まると思います」

「ほう。それで、儂と並んで話して、男爵は儂に公開討論を挑むつもりか？」

「戦う気はありませんが、聴衆の前で意見をぶつけ合ったら盛り上がるかもしれませんね」

「いいじゃろう！　見ておれ、一般聴衆の前でお主の絵の至らなさをはっきりと教えてやるわ！」

と、コモンドール先生は宣言した。

彼は鼻息荒くフーフーと肩で呼吸をしたかと思うと、ドシドシと足音を立てて部屋を出ていった。

彼に続けて、ルネーザンス家の画家も何人かくっついていく。

「——えらいことになったのぅ。ラントペリー男爵、脅すようなことは言いたくないが、コモンドール先生は儂らにとって大切な先生じゃ。そのコンクールとやらで彼を侮辱するようなことがあってはならんぞ？」

心配そうにルネーザンス公爵は言った。

「そんなつもりはありませんよ。本当に、この国の絵画の市場が盛り上がるように、私なりに考えただけです」

と、俺は答えた。

これは俺の本心だ。俺は絵が大好きなのだ。絵画に注目が集まって、国内の画家たちが元気になるのは、俺にとって望ましいことだ。

「ふうむ。まあ、儂はもうほぼ隠居の身じゃ。ファビアン、ラントペリー男爵の案にどう対応するかは、お前の好きなようにやりなさい」

「分かりました、お祖父様」

ファビアン公子は祖父にそう答えると、俺の方を向き、

「私は男爵の考えに共感している。私たちには変化が必要だ。コンクール、一緒にやってみよう」

と、言ってくれた。

「ありがとうございます、ファビアン公子。良いコンクールを開きましょう」

俺はそう答えて、ファビアン公子とバルバストル侯爵と一緒に、絵画コンクールの準備を始めた。

3 絵画コンクール

王家とルネーザンス家が合同で開催する絵画コンクールは、国内全土から広く作品を募集して、王家の離宮を貸し切って大々的に開催された。

「すごい規模ね。これだけの数の絵をひとところに集めて展示するなんて、それだけで画期的なことだわ。王都南の離宮を二十日間も貸し切りで、王家もこのコンクールに本気なのね」

コンクール初日。会場を見に来たシルヴィアを、俺は案内していた。

「大きな会場を貸してもらえてよかったよ。出品された絵画、全部ちゃんと展示できたし」

コンクール会場には、たくさんの作品が、人物画や風景画などテーマごとに展示されていた。

「本当に、色とりどりの絵画が集まっているわね」

バラエティー豊かな作品の数々に、シルヴィアは感嘆の声をあげていた。

「うん。第一回の開催だから、俺も走り回って作品を集めたんだよ」

コンクールは事前に広く告知され、誰でも出品することができた。

といっても、初回で急だったこともあり、締め切りまでに絵を出せなかった人もいたと思う。その分、関係者が知り合いに頼んで出してもらった絵が多かった。

ルネーザンス家は支援する画家のほとんどに、コンクールへの出品を要請していた。

俺も知り合いにコンクールのことを話して回った。

「シルヴィアもありがとうね。レヴィントン領出身の画家に声をかけてくれて」

「いいのよ。我が領の画家や、趣味で絵を描いている人たちも、自分の作品をたくさんの人に見てもらえるチャンスができて喜んでいたわ」

「そう言ってもらえると嬉《うれ》しいなぁ。頑張って展覧会を開いた甲斐《かい》があったよ」

この展覧会を開くために、俺は知り合い皆に協力してもらっていた。

バルバストル侯爵は王家と繋《つな》がりのある画家に働きかけてくれたし、ローデリック様やワイト公爵も自領の画家に作品を出すように言ってくれた。

他にも、以前の贋作《がんさく》騒動のときに知り合ったコレットみたいに、独学で絵を描いている人もできるだけ誘った。中には俺のファンのような画家もいて、俺の絵を真似《まね》たアニメや漫画風の絵を描く人も、徐々に増えているようだった。

そして、集めた作品を見に来てくれる観覧客も、たくさん呼び込んでいた。

「これは……国内画家にもこのように斬新な絵を描く人がいるんですなぁ」

ステッキを持った紳士が、興味深そうに一枚の絵の前で立ち止まった。

「ラントペリー男爵の絵に少し似ていますね」

「ルネーザンス家の影響を受けていない画家も、国内にいたのですねぇ」

などと、珍しい絵を描く若手画家たちも、来場客に評価されていた。

コンクール出品作は、ルネーザンス家が推奨する描き方をした絵と、それ以外という感じに大別されていた。

ルネーザンス派以外の作品としては、他に――。

「おぉ、これは美しい、花に包まれた美女の絵ですな」

と、一人の観覧客が声をあげる。

ジミーさんが描いた花に包まれたマリオン公女の絵も展示されていた。さらに――。

「こちらも、同じ女性がモデルでしょうか……頭に猫のような耳がついていますが……」

猫耳マリオン公女。

「ウサギの耳がついた作品もありますね」

ウサ耳マリオン公女。

「これは、下半身が魚……でしょうか?」

人魚マリオン公女。

「蝶《ちょう》のような羽のついた絵もありますなぁ」

妖精マリオン公女。

「お兄様、いいかげんになさいっ!」

「ぐ……マリオンちゃん、私は、マリオンちゃんへの愛を糧に、新しい芸術の扉を開くんだっ!」

それらの絵の前で、ファビアン公子がマリオン公女に締め上げられていた。

ファビアン公子はジミーさんの他にも若い画家を何人か巻き込んで、自分好みの新しい絵画を模索しているようだった。

それと――。

「あら、一カ所だけものすごく人口密度が高い。あそこが、アレンの作品の展示場所？」

「あー、うん。俺はこのコンクールの審査員になるんだけど、作品も一作だけ出してるんだ」

「そうなんだ。これだけ人がいると、見るのが大変そうね」

人だかりの外側で困っていると、ちょうど会場スタッフが来て、

「——皆さん、立ち止まらないように、ゆっくり移動をお願いします」

と、交通整理を始めてくれた。

俺とシルヴィアはゆっくりと、作品に近づいて鑑賞した。

「あ、この絵って、もしかして私のお父さん？」

「うんうん。レヴィントン前公爵から聞いたお話をもとに描いた絵だよ」

俺の絵は、レヴィントン公爵領で最後の大型魔物が討伐された場面を描いたものだった。

シルヴィアのお父さんが年若い頃に、先々代のレヴィントン公爵とともに領内最後の強敵ベヒーモスと戦ったという場面だ。

大型の作品を前に、来場客たちは思わず足を止め——。

「なんという迫力」

「情景が生き生きと伝わってきます」

「これは、前レヴィントン公爵でしょうか。なんと凛々《りり》しい。私の若い頃の活躍も、このように描いていただきたいものですなぁ」

「それなら、我が家の武勇伝も……」

という感じで、熱心に俺の絵を鑑賞してくれていた。

——よかった、よかった。このコンクールの審査員をする俺の絵がお客さんに不評だったらヤバいもんねぇ。

事前に、俺とコモンドール先生が五作品ずつ絵を選んで講評すると決めていたんだけど、そこで選ばれた絵がこのコンクールの入選作品ということになった。

コンクールの展示は二十日間ほど行われ、最初の一週間は評価をつけずに展示し、七日目に、俺とコモンドール先生が優秀作品を合わせて十作選ぶイベントを開催する。その後、残りの期間は優秀作品に金の印をつけて展示を続けるという流れだ。

ちなみに、コモンドール先生も一作品出していて、そちらもかなりの人だかりを作っていた。俺とコモンドール先生は審査員なので、優秀作品の候補にはならない特別枠の展示だった。


コンクール七日目。

展示会場のホールに舞台が設置され、たくさんの聴衆が集まっていた。

いよいよ優秀作品の発表だ。

「君の言う通り、王都内の新聞や情報誌の記者を会場に入れたけど、大丈夫なんだね？」

優秀作品の講評会を始める前、バルバストル侯爵にそう確認された。

「はい。彼らには、コンクールを見て感じたことを、思いのままに記事にしていただきたいです」

「……そうか。ここまで来たら、君を信じるしかないね。コモンドール先生に負けないように、頑張ってね」

「はい。行ってきます」

バルバストル侯爵に送り出され、俺は舞台に上がった。

舞台の左右に椅子と拡声器の魔道具が置かれ、左にコモンドール先生、右に俺が座る。

二人の間には、俺たちが選んだ作品を聴衆に見せるためのスタンドが置かれていた。

「それでは、これより第一回ロア王国全国絵画コンクール優秀作品の講評会を始めさせていただきます。作品選考をされたのは、アレン・ラントペリー男爵と、コモンドール先生です。どうぞよろしくお願いいたします」

と、舞台左端に立つ司会の人が言った。

「よろしくお願いします」

「うむ。今日は儂《わし》から、絵画について皆様に正しい知識をお届けしましょう」

「それでは、ここからはお二人の選んだ作品を一点ずつ交互に出していきますので、それぞれの絵に対する講評をしていただきます。一つ目の作品を、お願いします」

司会者がそう言うと、舞台袖に控えていたスタッフたちが中央のスタンドにコモンドール先生の選んだ絵画を運んできた。

それは、テーブルを囲んで裕福そうな家族が食事をとる姿を描いた絵だった。

「まずは、儂の選んだ作品じゃな。これは儂の三番弟子が描いたものじゃ。庶民の食事風景が描かれている。絨毯《じゅうたん》の柄、テーブルクロスの柄、細部まで全て手を抜かず、正確な描き込みがなされておるぞ」

と、コモンドール先生は誇らしげに言った。

「そうですね。テーブルに置かれた陶器の質感とフォークの金属の質感の描き分けもできていて、良いと思います」

と、俺も相槌《あいづち》を打つ。

「なにを……いまさら媚《こ》びを売ってももう遅いぞ。これは儂が選んだ作品だからな！」

「はい。良い点は認めます。ただし、私であればこの絵は選びません。この絵は、全体の描き込みを均一にしすぎています。絨毯の柄などを強い色で描き込んでしまったため、そちらに目がいき、人物が薄く見えています」

「な……なに？」

コモンドール先生は目を丸くしてこちらを見た。

客席で、バルバストル侯爵も意外そうな顔をしている。

俺は人前でこういう批判をするタイプだと思われてなかっただろうから。でも、今日はビシバシいかせてもらうつもりだ。

「む……む……絵とは全て克明に描いて後世に正しい形を伝えるものじゃ！　この絵は全て正確に描き込まれている」

「それでは、ただの記録画像でしょう。芸術と称すには、もう少し構図を工夫し、配色に気を配るべきです」

「んなーっ！　勝手なことをぬかすな！　そんな媚びた考えでは、金儲《かねもう》けの絵しか描けんわ！」

コモンドール先生は感情のままに怒鳴った。

本気の怒りを露《あらわ》にするコモンドール先生に、会場がざわつく。

手前に座った記者らしき人は、面白そうに目を光らせていた。彼らにとっては、騒ぎが起きた方が売れる記事が書けるだろうからね。

「お……お静かにお願いします！」

慌てて、司会者が間に入った。

「次の絵に参りましょう。続いては、ラントペリー男爵が選んだ絵の講評をお願いします。次の絵、早く、持ってきて！」

スタッフが急いで作品を入れ替え、中央のスタンドに、今度は俺が選んだ絵が飾られた。

「な……なんじゃ、この不気味な絵は？　女性の頭に獣の耳が生えておるぞ？」

俺が選んだ一作目は、猫耳マリオン公女の肖像画だった。

「斬新さと技術が両立した絵です。猫の耳の正確な描写、人の髪や肌との違いをはっきり出せる描写力があって成立しています。何より、モデルが可愛《かわい》く見えるのが良いですね」

「ぐ……ぬ……ぬ……ふざけるな！　いくら描写力があっても、こんな絵は認められんわ！　絵とは、現実を克明に記録するものであろう」

「そうとは限りません。絵は自由です。フィクションの良さというものもあります」

「そんなもの儂は認めぬ！　次だ、次っ！」

続いて、コモンドール先生が選んだ絵が運び込まれた。

冒険者が集まった集合写真のような絵だった。

「どうだ！　この画面の中に三十人もの人物が描かれているぞ。これだけいても、全員の顔が分かる、すごいだろう」

「そうですね。顔の区別はできますが、皆、不自然なほどに同じ向き、同じ大きさで描かれていますね。それぞれのモデルを個別にスケッチし、それを一つの画面にただ並べただけのように見えます」

「それの何が悪い！　これは冒険者クランから依頼されて、クランメンバーを描いた絵だ。全員平等に正しく描かれている」

「なるほど。しかし、薄暗い背景で、全員が全く同じ向きでこちらを見ているので、少々不気味に感じます」

「あえて悪い言い方をするでない！　これは、不気味なのではなく、冒険者たちの威風堂々とした姿を描いているのじゃ」

と、コモンドール先生は俺に言い返した。

すると客席から、

「いや、どう見ても怖いだろ。何で背景真っ黒なんだよ」

と、誰かがボソリと言う声が聞こえた。

「なんじゃ、客席！　私語はつつしめ！　今日は儂がお主らに正しい絵とは何かを教授してやってるんじゃ。黙って聞けいっ！」

コモンドール先生が客席に向けて怒鳴ったので、聴衆はまたもざわついてしまった。

「はい、はい、皆さん落ち着いてください。次の絵に行きましょう。入れ替え、早く、早く～」

司会者が必死に場を収める。

次は、俺の選んだ絵で、俺が描いたアニメ美少女の影響を受けたような作品だった。

「なんじゃこの絵は。女の目はここまで大きくはないぞ？　胸も大きすぎじゃ。顔は平らでツルツルの癖に、肉体の立体感だけはこれでもかと強調されておる」

「絵の中でしか会えない美女かもしれませんね。ですが、絵だからこそ、理想の美女に会えるという可能性を感じる絵です」

俺の言葉に、会場の何人かがうんうんと頷《うなず》いた。

「何が理想じゃ。胸は風魔法で膨らませた風船か？　サイズと重量感が合っておらんぞ。そして、最悪なのは尻じゃ。これでもかと奇妙な皺《しわ》が描き込まれておる。下品な絵で人々を惑わすでない！」

「画家の理想を追い求めた絵、素晴らしいと思います」

俺がそう言うと、

「そうだそうだっ。俺はラントペリー男爵を支持するぞー」

と、聴衆の中から誰かが同意する声をあげていた。

「ええい、会場内に俗な者が交ざっておるな。次じゃ、さっさと次に行くぞ。儂が選んだのは――」

「……コモンドール先生のお弟子さんには珍しい、物語が題材の絵ですね。うーん、物語で定番の空から舞い降りた美女の絵ですか。浮遊感がなく蠟人形《ろうにんぎょう》が落ちてきたように見えるのが……」

「うるさい！　貴様の好きな浮き乳よりはマシじゃろうが。次じゃ、次！」

次の作品は、少女漫画に出てくるイケメンキャラのような絵だった。俺のファンらしい女の子が描いた作品だ。

「な……なんじゃ、これは。肩幅っ、どれだけあるんじゃ？　それだけガッシリとした体格のはずなのに、筋肉はあまりないように見えるの」

「ムキムキすぎると威圧感が出て、女性の理想からズレてしまいますからね」

「顔もおかしいぞ。あ……顎が尖がっておらんか？」

「シャープな輪郭です」

「まつ毛……蠟燭《ろうそく》でも乗りそうじゃのう……」

「魅力的な眼差《まなざ》しです」

そんな感じで、講評は進んでいき、最後の絵になった。

俺が最後に選んだのは、ジミーさんの花に包まれたマリオン公女の絵だった。

以前にルネーザンス公爵邸で見た絵の発展形で、荒涼とした風景の中、花に包まれて佇《たたず》むマリオン公女を描いた作品だった。

「雰囲気が良いですね。少女を囲む花の鮮やかさが印象的です」

「なにが印象的じゃ。現実に存在しない花など描きおって」

「手前の左下から右上に緩くカーブして描かれた花の枝が、画面にメリハリを作っています。構図が良いです」

「作為的だと言っておるのじゃ。偽りの絵を描くべきではない」

コモンドール先生の言葉に、聴衆の一部は共感しているようで、鋭い目で俺とジミーさんの絵を睨《にら》んでいた。

「それは、絵の目的によるでしょう。構図の工夫によって、この絵は人々の記憶に残る印象深い作品になったと思います」

「安い商業用のちらしのための絵じゃな。こんなちゃちな絵、芸術ではない」

「そう言われますが、この絵は非常に細かく描き込まれ、正確な描写がされていますよ」

「どこがじゃ！　背景など手抜きじゃろう。こんなボヤッとした山々を描きおって」

「奥の青い山々はまぼろしのように薄れていってますね。空気遠近法により、画面に広がりが出ています」

「く……空気遠近法？」

「現実でも、見晴らしのよい場所で、遠くの山々は霞《かす》んで青っぽく見えたり白っぽく見えたりしているでしょう？　遠景を淡く霞ませることで、画面に奥行きを出すことができます」

「むむ……儂はそんなもの知らん！　絵とは全て克明に描いて後世に正しい形を伝えるものじゃ！」

「いえ、実際、遠くのものは霞んで見えるでしょ」

俺が言うと、聴衆の中には、ああっというように小さく頷いている人もいた。

「儂が違うと言ったら違うのじゃ！　ロア王国の画家は皆一様に正しい描き方を守って描くべきだ。そうしてこそ、後世に正確な情報が伝わるというものじゃ」

コモンドール先生は決して自説を曲げない。

その態度を、彼の支持者は熱い眼差しで見つめているが、一方で、不快を示す聴衆も多かった。

えーっと、こういうときに、いい台詞《せりふ》があったよな……。

「それって、あなたの感想ですよね？」

「何じゃと!?」

「ただ情報を伝えるだけであれば、それこそ、あなたの言う安い商業用の絵でいいでしょう。画面の切り取り方、配色などに気を配ってこそ、芸術と呼べる絵が生まれると思います」

「わ……若造がっ、儂に、口答えするなー！」

コモンドール先生は絶叫した。

聴衆がまたもざわつく。

思わず立ち上がったコモンドール先生に司会者が慌てて、

「コモンドール先生、落ち着いてください！」

と声をかけた。

「落ち着けるかー！　若造が、儂を、儂を馬鹿にしおって」

コモンドール先生は顔を真っ赤にしていた。

「こ……これで全作品の講評が終わりました。ご清聴ありがとうございました。これにて、講評会はお開きとさせていただきます！　皆様、ありがとうございました」

　こうして、ざわつく会場の中、俺とコモンドール先生の作品講評会は終了した。

　翌日から、講評会を取材していた記者たちが、新聞や雑誌に俺とコモンドール先生の議論についてしきりに書き立てていった。

　展覧会の最終日。

　混雑する会場を、俺はバルバストル侯爵と一緒に見て回っていた。

「大入りだね。絵画コンクール、大成功じゃないか」

「はい。講評会の日以降、人がどんどん増えていきました。観覧希望者が多すぎて、外にも長蛇の列ができているようです」

　どの作品の周囲にも、張りつくように人がいる。

　その様子を眺めて、バルバストル侯爵は感嘆のため息を漏らした。

「講評会についての記事が、新聞や情報誌を通じて国中に伝わったから、会場に足を運ぶ人が増えたんだろうね」

　新聞や情報誌は、講評会での俺とコモンドール先生の対立を、しきりに書き立てていた。

記事の内容は様々だった。見出しを比べてみても、

『気鋭の天才画家、旧態依然の老害を冷静に批判――世代交代を求む』

というものから、

『軽薄な画風の若者に、芸術界の古老が喝』

というものまで。あの講評会の受け止め方は様々だった。

「傍《はた》から見てると滑稽なほどだ。今まで絵になど一度も興味を持ったことがなかったような者たちが、記事が出るや、好き勝手に意見を言い合っているのだから」

「侯爵、そんな言い方をしないでください。たくさんの人が絵に興味を持ってくれることで、発展していくものなのですよ」

「やれやれ。相変わらず、君は一見すると綺麗事《きれいごと》しか言わない軽い奴《やつ》だよね。それがこんな――」

「ラントペリー氏！　やっと見つけた～」

そのとき、俺たちを見て誰かが駆け寄ってきた。

「ローデリック様？」

マクレゴン公爵家のローデリック公子だ。

「新聞、見たよ！　ラントペリー氏のことを悪く言う記事が書かれていたから、驚いて領地から王都に飛んできたんだ」

「えっ!?　お騒がせしてすみません。ありがとうございます」

どうやらローデリック様が読んでいた新聞は、コモンドール先生派だったらしい。

「まったく、的外れなことを書く記者がいたものだよね。その後、たくさんの情報誌を見てみたら、大半はラントペリー氏を支持していたから、まだよかったけど」

ローデリック様はプンプンと怒っていた。

「僕、前々から、ルネーザンス家が支持する絵は好きじゃなかったんだ。センスがなくて不気味なんだもん。でも、この展覧会に来てみて、国内画家にも意外と良い絵を描く人がいると分かった。嬉しい驚きだったな」

「お気に召す絵がありましたか？」

「うん。ねえ、ラントペリー氏、この展覧会の作品で、男爵が気に入った作品を全部教えて。それ全部、僕が買い取る！」

「ええっ!?」

「二度とラントペリー氏を悪く言う奴が現れないように、マクレゴン家の財力を見せつけてやるんだ……」

ローデリック様はふがーっと鼻息荒くそう言った。

「いえ、ローデリック様、お気持ちはありがたいのですが、私が選んだ優秀作品にはすでに他の購入希望者がたくさんいらっしゃいまして、それぞれ別の方の手に渡ることになっております」

「そうなの？」

「はい。講評会の後、展覧会に注目が集まって、出品作品にはどんどんと買い手がついている状態です。優秀作を描いた画家には、新作の注文も来ています」

俺がそう答えると、ローデリック様は口をあんぐりと開けてあたふたしだした。

「な……なんてことだっ！　ラントペリー氏の作品は一点だけだと聞いて、展覧会には行かずに後日ラントペリー氏の作品だけ見せてもらおうなんて無精した僕が馬鹿だった。出遅れたーっ！　ラントペリー氏、絶対、来年も同じように展覧会を開催してね！」

「は……はい」

「次こそは、僕が、買い占めてやる！　それじゃ、僕、行くね。今からでも交渉して、えーと、ジミーさんに新作を頼んで、良い浮き乳作品を探して……」

ローデリック様はそうブツブツと言いながら去っていった。

「……珍しいな。ローデリック公子があんなに興奮して喋《しゃべ》るとは。私もいたのに、完全に無視されていたしね」

バルバストル侯爵が呆《あき》れたように言った。

「すみません。私と話すときは、いつもあんな感じなんですけど……」

「…………」

バルバストル侯爵は俺を無言でジーッと見た。

「そうか。まあ、ローデリック公子は我が国の画家にとって大事なパトロンだな。それに、他にも絵の購入を考える人が増えているようじゃないか」

「はい。この展覧会が、作品が売れずに苦労していた画家たちの助けになれたようで良かったです」

と、俺は嬉しさに笑みをこぼした。

「そうだね。私も女王陛下に良い報告ができて、嬉しいよ」

バルバストル侯爵はそう言い、続けて、

「だが、こうなると気になるのはルネーザンス家の画家たちだな。自分たちの派閥以外の画家の作品がこれだけ売れて、悔しがっているんじゃないか？」

と、黒い笑みを浮かべた。

「そこは、大丈夫だと思います」

「え？」

「コモンドール先生たちの様子、見に行ってみましょうか」

と、俺はニッコリとほほ笑んだ。


コモンドール先生は展覧会場の、彼の作品が飾られた区画にいた。

「いやあ、さすがはコモンドール先生。素晴らしい作品ですね」

「講評会での先生のご意見に、私は胸を打たれました。最近の若者は、やたらと奇抜で派手な絵を好みますが、私はコモンドール先生が描くような重厚な作品が好みです」

「ほっほっほ、そうでしょう、そうでしょう」

コモンドール先生は、たくさんの支援者に囲まれて上機嫌だった。

その様子を少し離れた位置から確認し、

「おやおや？」

と、バルバストル侯爵は目を丸くした。

「コモンドール先生もお弟子さんたちも、相当な技量を持っています。彼らの絵が好きな人も、当然いるんですよ」

と、俺は言った。

「なんとまあ。だが、今まではルネーザンス家の画家の絵は売れていなかったんだろう？　どうして急に……」

「コモンドール先生の絵が好きな人はたしかにいますが、それは一部の層だけです。ローデリック公子のように、彼らの絵が好きじゃない人もいます。国内の絵がコモンドール先生の画風ばかりになると、大半の人は絵に興味を持たなくなります。そのせいで、彼らの絵自体に触れる機会が減ってしまったんですよ」

もともと、ロア王国は芸術分野で遅れていると言われる国だった。人々は、自国の画家を評価していなくて、興味すら持っていなかった。

だから、必要なのは狭い市場で誰が勝者になるか争うことではなく、様々な考えの人を巻き込むことだったのだ。

「さらに言うと、私とコモンドール先生が喧嘩《けんか》してみせたのも影響したのでしょう。対立したことで、共感する側を応援したいという気持ちを強く持つ人が現れたんです」

「なるほどねぇ。やっぱり君、可愛い顔して策士というか何というか……」

「ラントペリー男爵！」

俺に気づいて、ファビアン公子とマリオン公女がこちらにやってきた。

「バルバストル侯爵も、ご来場ありがとう」

ローデリック様と違って社交性のあるファビアン公子は、まず俺の横にいるバルバストル侯爵に挨拶した。

「ファビアン公子、マリオン公女、こんにちは。展覧会が大盛況でよかったです」

「ありがとう。寛大な陛下の援助で離宮を貸し切れて、展覧会を成功させることができたと思う。だが、少々気になることがあってね。ラントペリー男爵と話をさせてくれ」

ファビアン公子はそう言うと、俺の方に向き直った。

「ラントペリー男爵、君、大丈夫だったか？」

心配そうにファビアン公子は俺を見た。

「大丈夫とは？」

「講評会の日から、コモンドール先生を支持する人がたくさん集まってきていたから。対立していたラントペリー男爵のことが心配だったんだ」

「それなら、私が選んだ絵もよく売れましたよ」

「……？　どういうことだ？」

ファビアン公子は首を傾《かし》げた。

その姿に、バルバストル侯爵が「さっきの私と一緒だねぇ」と小さく呟《つぶや》いていた。

俺がやろうとしたことは、一種の炎上マーケティングと言えるかもしれない。物議をかもす危険なやり方だが、人々の注目を一気に集めることができた。

悪いことをして炎上したら問題だけど、今回の俺とコモンドール先生の議論は、どちらにも悪意はなかった。俺は自分が好きな絵を選んで主張していたし、コモンドール先生も、自分の主張を心の底から正しいと思っていた。だから、俺たちの発言は、どちらも人に届く強い言葉になったのだと思う。

「コモンドール先生と私が激しく対立することで、展覧会に世間の注目が集まりました。議論が始まると、皆、どちらが正しいかと考えます。ですが、絵に正解などありません。それぞれの好みがあるだけです。コモンドール先生に共感する人もいれば、私が選んだ絵を好む人もいます。新聞などが対立を書き立てたことで、それぞれに、新規の支持者が現れたんです」

「そ……そんなことが……」

ファビアン公子は呆気《あっけ》にとられたように口をポカンと開けていた。

「──ふうむ。恐るべき視野の広さですな」

ふいに、こちらに声をかける人物がいた。

「お祖父様《じいさま》？」

ルネーザンス公爵だ。彼は杖《つえ》をつきながら、ゆっくりと俺の傍《そば》まで近づくと、

「ラントペリー先生」

と、俺に呼びかけた。

「せ……先生？」

「ラントペリー先生は、先生と呼ぶに相応《ふさわ》しい方じゃ。それに比べて、儂は友人であるコモンドール先生の絵しか好きになれない、狭小な男じゃった。しかし、そんな儂にも今回の件で、先生の才覚がこれからのロア王国に必要なことだけは、はっきりと分かりました。今後も、ファビアンとともにロア王国の芸術界を盛り上げてくだされ」

「はい。もちろんです」

「ありがとう。ファビアン、これからはラントペリー先生によく教えを乞うようにしなさい」

ルネーザンス公爵はそう言うと、ニコニコ笑って、去っていった。

——俺、ルネーザンス公爵に認められた？

「ラントペリー先生……そうだな、男爵は、先生と呼ぶに相応しい人物だ」

「そうね。これからは、私たちも先生とお呼びしなきゃ」

「えぇ!?」

ファビアン公子とマリオン公女まで、俺を先生と呼び出した。

「ラントペリー先生、これからも、毎年コンクールを開催して、芸術界を盛り上げていきましょう」

「そ……そうですね。毎年、新奇なものも拒まず受け入れていきましょう。そうすれば、絶えず活気が生まれると思います」

「心得ました」

ファビアン公子は深く頷いた。

「うんうん。こういう盛り上げ方もあるんだね。個人的には嫌いなものでも好きな人がいるならとりあえず受け入れる。場は混沌《こんとん》とするけど、それが発展に繋がるのか」

バルバストル侯爵は腑《ふ》に落ちたというように、そう言って考えをまとめた。

それから、ロア王国では毎年絵画コンクールが開催されるようになった。

コンクールへの応募者は年々増えていき、やがては会場に入りきらないほどになった。

新奇な作品も余さず展示したことには非難もあったが、議論が紛糾することで、次々と新しい画派が生じ、ロア王国の絵画は発展していくのだった。

特別番外編1

ヘタウマ画伯

ロア王国の建国祭。

昨年、俺が女王陛下の御前で魔法花火を披露した祝日だ。

あのときは魔法花火のことで頭がいっぱいで楽しめなかったけど、今年の俺はのんびり祭りに参加できていた。

建国祭は夜の魔法花火の他、昼間にも各所で様々なイベントが行われる。

俺は晴天の下、シルヴィアと一緒に街を歩いていた。

「街のお祭りはあまり見たことがないから楽しみだわ」

と、シルヴィアは嬉《うれ》しそうに言った。

「貴族は式典とかで忙しいもんね」

「そうなのよ。でも、フランセットちゃんの発表会を見逃すわけにはいかないし、何とか時間を作ったわ」

シルヴィアはそう言って、祭り用に飾り付けられた街並みを楽しそうに見ていた。

色とりどりの風船や花でいっぱいの籠を持った女性が、子どもたちにそれを配って回っている。

昼間の祭りは、子ども向けのイベントが多かった。

「もうすぐ、広場の舞台に、フランセットちゃんが立つんだね」

「うん。近所でフランセットが習っているダンス教室の発表会なんだ」

フランセットは少し前にパフェを食べすぎて太ってしまってから、ダイエットのために近所のダンス教室に通い出していた。その教室の子どもたち皆で、建国祭にダンスと劇を披露するのだ。

「楽しみね。フランセットちゃん、ダンスが上手《じょうず》になったかしら」

「あまり期待しないでね。遊びの延長みたいに踊っているだけだから」

妹のダンス教室には、俺も何度か見学に行ったことがあった。近所の裕福な奥さんがのんびり教えているところで、気軽に学べる前世のカルチャースクールに近い雰囲気だった。

「期待するなって、妹の大切な発表会でしょ。しっかり見て褒めてあげなよ」

シルヴィアに窘《たしな》められながら、俺はフランセットが出る予定の舞台に向かった。


広場に特設された舞台。

観客用の椅子がたくさん置かれ、周囲には食べ物を売る屋台も出ていた。

夜に行われる人気のサーカスの公演時間ともなれば、この席が全部埋まって立ち見も出るのだけど、今、舞台に立っているのは普通の子どもたちだ。座席にゆとりがあったので、俺たちは見やすい席を選んで座った。

前の演目が終わって、片付けが始まる。

手作り感のある作業をのんびり眺めながら待っていると、フランセットたちの公演が始まった。

「「ラーラーラーラララー」」

歌いながら子どもたちが登場した。

フランセットは舞台真ん中から少し右の辺りで、他の子どもたちと並んで、右足を上げたり、左足を上げたりして踊っている。

「可愛《かわい》いっ」

シルヴィアは身を乗り出して、子どもたちの踊りを夢中になって見ていた。

——前世だったらスマホで動画を撮りまくってたところだろうなぁ。

妹の成長記録を残せないのが残念だ。後でせめて絵でも一枚描いておくかな。

子どもたち皆が踊るオープニングが終わると、エプロン姿の女の子と老人の格好をした男の子が登場した。

「あ、ここからお芝居が始まるんだね」

「うん。ダンスを間には さみながら、簡単な劇をやるみたいなんだ」

「へえ〜」

次に、衛兵の格好をした男の子が登場した。彼はとても変な歩き方でやってきて、観客の笑いを誘った。

「あれ、この劇って……」

「コメディだね」

劇の内容は、前世でいうお笑いのコントのようなお芝居になっていた。普通、こういうのって桃太郎みたいな定番の昔話をやるものだと思っていたのだけど、意外な感じだ。

「俺も最初にフランセットの持っていた劇の台本を見て驚いたんだけどね。どうも、この王都出身で世界的に有名なコメディ作家のコウメ・ダイル先生を称《たた》えて、王都の子どもが演じる劇は、ダイル先生原作の喜劇が多いみたいなんだ」

「コウメ・ダイル先生……そういえば、私も聞いたことがあったわ。屋敷の使用人の中にも、ダイル先生の熱烈なファンがいて、何冊も本を持っていたのよ」

「王都にはそういう人、多いらしいよ。ウチも、母がダイル先生のファンでね、本を揃《そろ》えていて、フランセットも読んでいるんだ」

「フランセットちゃんも？　それじゃあ、この舞台でダイル先生の喜劇ができて、喜んでいたでしょう」

「うん。ダイル先生は、この王都生まれで、世界中の読者を魅了する人気作家で、地元の有名人なんだ。何十年も活躍してて、もうご高齢のはずだけど、今も王都で執筆を続けているそうだよ」

「へえ〜」

などと話していると、フランセットが再び舞台に出てきていた。妹は赤と白のチェックのワンピースに真っ白なタイツをはいて、変な踊りを踊って皆に拍手されていた。

「フランセットちゃん、楽しそうね」

「そうだねぇ……」

可愛い妹が皆に笑われるコメディエンヌになってて、ちょっと複雑な気持ちなんだけど。子どもにとっては、皆で変な踊りを踊るのも面白いんだろうな。フランセットが楽しいなら、まあいいか。

周囲では、子どもの保護者や地元の大人たちが、屋台で売っている揚げ物などを食べながら、ときどき笑い声をあげて手を叩《たた》いていた。

劇は、だんだんと登場人物が増えていき、最後に老人役の男の子がオチを言って、皆でズッコケて終わった。

俺たちは舞台上の子どもたちにパチパチと拍手を送った。

「あー、良いもの見たわ〜」

シルヴィアはとても満足した様子で言った。

「シルヴィアに褒められたら、フランセットも喜ぶよ」

「そうかな？　ふふふ」

シルヴィアは嬉しそうに笑った。

「――シルヴィア様……」

ふと、近くの席に座っていた上品な女性に声を掛けられた。よく見ると、レヴィントン公爵邸で見た侍女さんだった。

「ああ、もう時間なのか。それじゃあ、アレン、私はそろそろ行くね」

「分かった。忙しい中、妹の舞台を見に来てくれてありがとう」

「こちらこそ、良いものを見させてもらったわ。夜の魔法花火の観覧には、アレンも来るんだよね」

「うん。末席だけど、俺も招待されてるからね」

去年は自分も披露する側だった魔法花火。今年は王宮の庭の隅っこから、のんびり見物できる。

「会場でも会えたらいいね。それじゃあ」

俺とシルヴィアは手を振って別れた。

「さて、と」

俺は席を立ち、フランセットを迎えに行くことにした。

「少し遅れたから、父さんと母さんが先にフランセットと合流してるかな」


広場の舞台の裏に回ると、楽屋代わりの小さなテントの周辺に、たくさんの人が集まっていた。

先ほどまで劇に出ていた子どもたちと、その保護者だ。

「あ、いたいた。フランセット！」

フランセットは両親と一緒にいた。

「お兄ちゃん、舞台、見てくれた？」

「うん。すごく良かったよ。シルヴィア様と一緒に見ていたんだけど、彼女も褒めていたよ」

「本当に？　えへへ、嬉しいなぁ」

フランセットは先ほどまでの興奮が冷めないのか、いつもより頬《ほお》が赤くなっていた。

「良かったわね、フランセット」

と、母はフランセットのフワフワの髪の毛を撫《な》でた。

「それじゃあ、アレンは夜会の準備もあるし、そろそろ帰りましょうか」

「うん。花火、楽しみだね～」

「そうだね。フランセット、今日は人が多いし、迷子にならないように久しぶりに手を繋《つな》ぐ？」

「うん、お兄ちゃん」

俺はフランセットに歩調を合わせて、ゆっくりと家に帰った。

建国祭から数日後。

用事を終えて帰宅すると、家の中が静かだった。

「おや？」

いつもなら、俺の帰宅に合わせて話しかけに来るフランセットが出てこない。何か他のことに集中しているのだろうか。

「ただいま、母さん」

リビングにいた母に挨拶する。母も何となく元気がなさそうだった。

「アレン、おかえり」

「何かあったの？　フランセットも見かけないし」

「フランセットなら、部屋に引きこもっているわ」

と、母は力なく言った。

「え、何かあったの？」

何か良からぬことが起きているのか？　俺はにわかに不安になってきた。

「原因は、これよ」

母はそう言うと、俺に情報誌のページを開いて見せた。

俺はその記事の見出しを読む。

「『コウメ・ダイル先生、次回作の執筆を断念』？」

「ダイル先生が、人気シリーズを残して引退するって言い出したのよ！」

この世の終わりのように、母は言った。

「ダイル先生というと、この前フランセットが参加した劇の原作者か。母さんもフランセットも、ダイル先生のコメディ小説が好きでしたね」

なるほど、楽しみにしていた小説のシリーズが不本意な終わり方をしてしまったのか。俺も前世で熱心に追いかけていた連載漫画が休載になった経験が何度もあるし、気持ちは分かるなぁ。

でも、何でダイル先生は人気シリーズをやめてしまったのだろう？

俺は母に渡された情報誌の記事を読んでみる。

「ふむふむ……ダイル先生の人気シリーズを支えてきた挿絵画家の人が、高齢でお亡くなりになったのか。それで、ダイル先生も引退を決意……そういうことか」

ダイル先生のコメディ小説は、誰でも気楽に読める分かりやすい言葉で書かれていて、挿絵も多くついていた。

特に挿絵にはこだわりがあるようで、挿絵が物語のヒントになっていたり、挿絵でオチをつけたりといった工夫がされていることもあった。

長年組んでいた挿絵画家が亡くなり、今までと同じシリーズは書けないと判断したのかもしれない。

「フランセットはダイル先生の新作小説を心待ちにしていましたもんね。なぐさめてきます」

俺はフランセットの部屋に向かった。

「フランセット、いる？」

妹の部屋のドアをノックする。反応はない。

「フランセット、入るよ？」

ドアを開くと、薄暗い部屋の隅で妹が体育座りしていた。

「フランセット……」

俺の姿を見ると、フランセットは目を丸くし、ダッと駆け寄ってきた。

「お兄ちゃんっ！　ダイル先生が、ダイル先生の小説がっ」

フランセットは目を真っ赤にしてぶわっと泣き出した。流れ出る涙の量がすごい。大変な落ち込みようだ。コメディ小説が終わったことで、こんなになるのか。

「うぅ。シリーズが急に終わっちゃって、明日から何を楽しみに生きればいいの？　人生の張り合いを失ったよぅ」

俺にしがみついて、フランセットは嘆いた。……なんだか、前世で推しが結婚したときのファンみたいなことを言うなぁ。

「うえぇぇん」

泣きじゃくる妹。ともかく励ましてあげないと。

「フランセット、ほら、元気出して、ね」

俺はフランセットの背中をポンポンと叩いた。

「うぅ……分かっているよ。挿絵の人がいなかったら、ダイル先生のシリーズが成立しないって。私、ファンだからよく分かる。でも、でも……うぅ。ダイル先生はまだ作品が書けるのに、こんなのって……」

フランセットは感情のままに言葉を吐き出す。泣き方は子どもっぽいけど、もう小説をちゃんと読めるようになってるんだな。子どもの成長は早い。

「挿絵さえあれば……挿絵……挿絵……ん？」

フランセットはふと冷静な顔になって、俺をジッと見つめた。目の周りが赤く腫れている。かわいそうに。

彼女は小さな人差し指で、俺を指した。

「ん？」

「お兄ちゃん、画家だ！」

「うん？」

「お兄ちゃんがダイル先生の挿絵を描いたら、ダイル先生、続きが書けるんじゃない？」

妹は名案をひらめいたという顔で、俺の上着を掴《つか》んで引っ張った。

「お兄ちゃん、ダイル先生の挿絵を描いて！」

「えぇっ……」

そんな、急に言われても。

「フランセット、ダイル先生は以前の挿絵画家さんの絵と違う挿絵でシリーズを続けたくないから執筆をやめたんじゃないかな？」

「でも、お兄ちゃんなら、前の絵の人とそっくりな絵でも、描けるでしょ？」

「それは、登場人物の絵を真似《まね》して描くだけならできるけどね……」

俺のチート画力を使えば、そっくりのキャラクターを描くことはできる。ただ、これはそういう問題ではないと思うのだけど。

「とても良い考えね、フランセット」

ふいに後ろから母が話に入ってきた。母もフランセットの様子を見に来たらしい。

「でも、母さん、ダイル先生とは面識がないでしょう。急に押し売りみたいに挿絵を描きますと名乗り出ても、先方を困らせるだけですよ」

「いいえ。人間なんて三人も仲介すれば誰にでも繋がれるものよ。まして、ウチは商家よ。伝手《つて》はいくらでも作れるわ」

「えぇ……」

そんな強引に伝手を作ってどうするんだよ。

「それに、母さん、ダイル先生の小説の挿絵は絵を描ければよいというものでもないと思いますよ。

面白くないといけない」

俺は〈神に与えられたセンス〉なんてチートスキルを持っているけど、これに笑いのセンスは含まれてないと思う。

俺は何とか母を止めようと言い募った。すると、母は無言で俺の肩にポンと手を置いた。

「私、立派な息子を持って今日ほどお天道様に感謝したことはないわ。私の息子は天才画家なのよ」

圧の強い褒め言葉で、母は俺を黙らせた。

「何事も挑戦よ、アレン。これだけ絵がうまいんだもの、頑張れば面白い絵だって描けるわ。私とフランセットも協力する」

「うん、お兄ちゃん、ダイル先生の小説で分からないことがあったら、私が全部教えてあげるからね！」

母と妹にはさまれて、俺は逃げ場を失った。

「えっと、先方の了承を得られたら……」

「そこは任せなさい。さあ、忙しくなるわよ」

「うんうん、私も、ダイル先生の小説を読み返して、お兄ちゃんにアドバイスできるように頑張るね」

すごい熱量に圧倒されて、俺は仕方なく二人に付き合うことになった。

十日後。

母はすさまじい行動力で、すぐにダイル先生に繋がりを作ってしまった。

ダイル先生は娘さんをマネージャーにしていたらしい。彼女と母が交渉して、ダイル先生が執筆を中断した原稿の一部の写しを借りてきた。

その原稿を読んでの挿絵を、これまでに何人もの画家に描いてもらったそうだ。しかし、ダイル先生のお眼鏡《めがね》にかなうものはなかった。

「こんな感じでどうかな？」

俺は自分のアトリエで、原稿を読んで想像した絵をざっと描いてみた。

「違うよ。これじゃあ笑えないよ。ここはこっちのキャラが前に出てなきゃ変だよ」

俺の絵を見てすぐにフランセットがクレームをつけてきた。普段はそんなこと言わないのに、ダイル先生の絵に関して、妹は全く妥協してくれなかった。

「もっと……こんな感じかなぁ。私にはうまく描けないけど」

フランセットは俺にイメージを伝えるために、自分でも何枚か見本を描いてくれた。フランセットの絵は……前世の俺と同レベルだな。人体の構造を無視したグニョグニョした人間を描いている。

「んー、こう？」

「ううん、もっと身体《からだ》をひねって」

「それやると、人間の関節の限界を超えるよ？」

「でも、その方が面白いよ！」

挿絵はシンプルな白黒の絵でよいので、俺はフランセットにダメ出しされつつ何枚も描き直して
ダイル先生に見せる絵を仕上げた。


翌日の昼。

俺は母とフランセットを連れて、ダイル先生の家を訪問した。

ダイル先生の家は、王都の平民が多く住む住宅街にあった。

呼び鈴を鳴らすと、三十歳前後の女性が出てきた。こげ茶の髪を後ろでお団子にしてまとめている真面目《まじめ》そうな人――彼女がダイル先生の娘さんでマネージャーのエメさんだった。

「いらっしゃいませ、ラントペリー男爵。父は奥の仕事場にいます。どうぞ」

俺たちはエメさんに案内されて、ダイル先生の仕事場に通された。


ダイル先生の書斎は日当たりのよい広い部屋で、たくさんの資料や、外国の民芸品の人形などが置かれていた。

「わっ、大きな仮面」

ドア近くの壁に飾られた大きなお面を見つけて、フランセットが目を丸くして言った。

「おや、驚かせちゃったかな」

奥にある大きな机の前に座っていた小柄な老人が立ち上がって、こちらに近づいてきた。

「この仮面はね、南方大陸の儀式で使われるものなんだ。私は、若い頃は冒険者をしていてね。その頃の旅行記から執筆活動を始めたんだ。旅行記の方は、あまり売れなかったんだけどね」

彼はフランセットに気さくに話しかけた。

「ダ……ダイル先生っ！」

フランセットはキラキラした瞳で彼を見つめる。

「はい。初めまして～、僕はひょうきん者のコウメ・ダイルだよ。よろしくね、お嬢ちゃん」

ダイル先生はおどけた表情で言った。

彼はど派手な赤いジャケットを着ていて、ちょっと変わっているけど、声質は優しく、表情も穏やかだった。

「ダイル先生、会えて嬉しいです、フランセット・ラントペリーと言います」

「はい、フランセットちゃんね、よろしく～」

フランセットはダイル先生に握手してもらい、とても嬉しそうだった。

「それから、お二方……」

「初めまして、スーザン・ラントペリーです」

「同じく、アレン・ラントペリーです」

「はい、はい、よろしくお願いします。立ち話もなんですので、あちらのソファーへどうぞ～」

ダイル先生が指した先には、赤い革張りのソファーが置かれていた。ダイル先生が編集者や商人たちと打ち合わせをするためのものらしい。

席に着くと、俺はさっそく封筒から借りていた原稿の写しと、挿絵の束を出した。

「挿絵の候補を描いてきました。原稿の、この印の紙をはさんだシーンを描いています」

ダイル先生は俺から挿絵を受け取ると、一枚ずつ机に並べてそれを見始めた。

「ほっほーっ。今まで編集者や商人たちが連れてきたどの画家の絵よりもうまいですな。それに、前に描いてくれていた相棒の絵にそっくりだ！」

俺は亡くなった先任画家の挿絵を、できる限り再現して描いていた。

ダイル先生は、書棚から自分の既刊小説を取り出して、俺の挿絵と先任者の絵を見比べた。

「本当に、見分けがつかないねぇ。いやはや、驚いた」

ダイル先生は俺の絵に好印象を持っているように見えた。

「ダイル先生、それでは……」

彼の反応を見て、母とフランセットの期待が膨らむ。

これで、執筆を再開してくれるといいんだけど……。

「いや、ですがねぇ、この絵はうますぎますよ。僕の小説にこんな挿絵をつけたら、豚に真珠になってしまいます。もちろん、僕の小説が豚で、絵の方が真珠ですな」

と言って、ダイル先生はかかかと笑った。

……やっぱり、ダメだったか。

実は、そんな気はしていたのだ。

以前のダイル先生の小説の挿絵は、ハッキリ言ってしまうとあまり上手な絵ではなかった。しかし、勢いがあって面白い。こういう絵を描く能力は、俺が望んだ画力チートの範囲外だった。

思い返してみると、前世のギャグ漫画家さんって、絵だけで見るとそんなにうまくないような人も多かった気がする。面白い絵を描く能力って、写実的な描写力とは別の才能なんだと思う。

「ラントペリー男爵の評判は、僕、以前から知っていました。デュロン劇場の役者絵、あれは素晴らしかった。あの作り込まれた美しい舞台に、男爵の絵はピッタリなんですよ。一方でね、僕の以前の相棒の挿絵画家、アイツはダメ人間でした。酒ばっかり飲んで、僕より先に死んでしまって……ハァ。でも、自堕落な奴《やつ》が挿絵を描いている方が、僕の馬鹿話には合ってたんですよ〜」

おどけた調子で語るダイル先生の表情は優しかった。ふざけた語り口だけど、故人を偲《しの》んでいるのだろう。

——フランセットと母さんには悪いけど、俺が挿絵を描くって話は無理だな。ダイル先生は心を込めて作品を書いてきた作家なのだ。彼の相棒を引き継ぐことは、俺にはできそうにない。

「そうでしたか。いきなり押しかけて、挿絵の押し売りをするようなことをしてすみませんでした。残念ですが。挿絵の件はこれで——」

俺がそう言いかけたとき、ダイル先生の視線がふいに一枚の絵に吸い込まれていった。

「あ、それ……」

俺の挿絵候補の中に、フランセットが描いた絵が一枚、紛れ込んでいたのだ。

「この絵を描いたのは、どなたですかな？」

ダイル先生は上擦った声で言った。

「妹です。この子……」

俺は隣に座るフランセットを指した。

「なんと！　子ども……」

ダイル先生は目を丸くした。

「フランセットちゃん、他にも、何でもいいので、私の小説の絵を描いてみてくれませんかな？」

と、ダイル先生は真剣な表情で言った。

「私が？　分かりました！」

フランセットはダイル先生から白紙の紙を受け取ると、その場でいくつか絵を描き出した。

「これは、チャップリーンおじさんがサーカスしてたら命綱が切れたところ……こっちは、食堂で素敵なお姉さんが嘘《うそ》の惚《ほ》れ薬を販売しているところ……」

フランセットは小説の面白い場面を思い出してクスクスと笑いながら、楽しそうにお絵描きをしていった。

「わあ、わあ、わあ〜」

ダイル先生は妹の描いた絵を一枚ずつ手に取ると、瞳を輝かせて鑑賞した。

単純な線で描かれた落書き、一見すると、ただの素人《しろうと》の絵だ。だが——。

「ファンレターみたいな絵だなぁ」

フランセットの絵は、ダイル先生の作品が好きじゃないと描けない絵だった。

前に見たときはただの下手《へた》な絵だと思ってたけど、ダイル先生にアピールできる力があったのだ。

妹の思いが通じて良かった。

——って、そういう良い話で終わってもいいところなんだけど、前世で絵が下手すぎてひねくれてしまった俺の頭と〈神に与えられたセンス〉は、もう一つ別のことにも気づいていた。

フランセットには、いわゆるヘタウマの才能があったのだ。

彼女の絵は下手だけど、何を描いたのか初見の人にも伝わる、伝える力を持っていた。

ヘタウマというのも、一種の才能だ。下手な絵の中には、俺の昔の絵みたいに、下手なせいで皆からスルーされてしまう絵と、下手さが面白くて皆が見てしまう絵があって、フランセットは後者だった。

「フランセットちゃんの絵には、味がありますね～。正しい描写ではないのかもしれないけど、個性があって面白い。天才画家の妹さんも、やはり、独特な絵の才能をお持ちだったんですな～」

ダイル先生はそう言って、頻《しき》りに頷《うなず》いていた。

「……フランセットちゃんが絵を描いてくれるなら、僕、また小説を書いてもいいかもしれない」

「え？」

「ちょっと……」

「ダイル先生の小説、また読めるの？」

妹は瞳を輝かせてダイル先生を見た。

だが、これはよろしくない。

「すみません、ダイル先生。妹はまだ子どもです。ダイル先生の人気作の挿絵を描くのは無理です。たしかに妹の絵は、ダイル先生の小説を深く読み取れているという点で私の絵より優れていますが、商業用に印刷するとなると、画力が不足しています」

ダイル先生の人気小説と一緒にフランセットの絵を印刷して広めてしまったら、妹が要らぬ非難を受けることになるかもしれない。

ここは慎重にいかないと。フランセットはまだ子どもなのだから。

「ああ、申し訳ない。変な言い方をしてしまいました」

ダイル先生は俺の言葉に気分を害することもなく、慌ててそう訂正してくれた。彼が良い人で本当に良かったよ。押しかけて挿絵の押し売りをして、今回、俺の側がだいぶ失礼なことをしていたから。

「フランセットちゃんが描いてくれればというのは、フランセットちゃんみたいな子どもが、僕の作品を読んで、それぞれの挿絵を描いてくれればいいってつもりで言ったんです」

と、ダイル先生は説明を続けた。

「それぞれの挿絵？」

「僕、次の本には、挿絵を入れません。僕の相棒の挿絵画家は、死んだアイツだけです。代わりに、お便り募集コーナーを作ります。読者に僕の本の挿絵を描いてもらうんです」

「読者に挿絵を描いてもらう？」

「はい。皆に思い思いの絵を描いてもらいます。僕のお話の挿絵は、下手でもいいんです。自由に、滅茶苦茶《めちゃくちゃ》に、皆さんに描いていただきましょう！」

ダイル先生はそう言って、ソファーを立って執筆机に向かった。

「そうと決まれば、さっそく小説の続きを書きます。今日はいい日になりました。新しいアイデアがたくさん浮かんできます。この出会いに感謝、ありがとうございました〜」

と、ダイル先生は原稿を書きながら器用に俺たちに挨拶してきた。

ええっ、急に執筆し出しちゃった。

「ダイル先生の本の続きがまた読めるの？　嬉しい！」

「そうね。アレンの挿絵が断られたときはもうダメかと思ったけど、予想外の結果でうまくいって良かったわ。フランセット、お手柄よ」

妹と母はすぐに状況に順応して喜んでいた。

「ありがとうございます、ラントペリーさん。お蔭《かげ》で、また父が執筆を続けてくれることになりました。良い本にして、お届けしますね」

ダイル先生の娘のエメさんも、俺たちにそう礼を言ってくれた。

「いえいえ。エメさんも頑張ってくださいね。お便り募集コーナーを作られるみたいですし」

「はい。読者の皆さんにちゃんとそのことも伝わるように頑張ります」

エメさんは明るい声でそう宣言した。

それから、数カ月後。

ダイル先生の待望の新作小説が出版された。

本の中には、長年挿絵を担当していた画家が亡くなったことと、今後は読者に挿絵を描いてほしいというダイル先生の思いも綴《つづ》られていた。

その結果、たくさんの手紙がダイル先生のもとに届くようになった。

ダイル先生は送られてきた絵を見て執筆意欲を燃やし、その後もたくさんの作品を描き続けるのだった。

特別番外編2

カワイイ展覧会

ある日、俺はファビアン公子に呼ばれてルネーザンス公爵の屋敷を訪問していた。

「ようこそいらしてくださいました、ラントペリー先生！」

以前とは打って変わっての歓迎ムードで迎え入れられると、重厚な家具が並ぶルネーザンス家の応接間に通された。

部屋にはファビアン公子の他に、マリオン公女も一緒だった。

三人でソファーに座り、お茶とお菓子を出してもらった。

マリオン公女は一見すると不機嫌そうな顔でファビアン公子の隣に座っている。

「今日ラントペリー先生をお呼びしたのは……あ、ちょっと待ってください。レーズン入りのケーキか。マリオンちゃん、ドライフルーツだけど大丈夫？」

「ん……ちょっとずつ食べられるようにしてるの。お茶会で食べられないと不自然なときがあるし」

「そっか、えらいね」

出されたケーキを見た兄妹《きょうだい》はボソボソとそんな会話をしていた。

マリオン公女って、なんだかんだいつもファビアン公子と一緒だけど、案外この兄妹は仲が良いのかもしれない。

「失礼しました。それで、ラントペリー先生、今日の用件なのですが、先生は最近の王都で展覧会がブームになっているのはご存じですか？」

「展覧会ブーム？　……そういえば、絵の展覧会とは少し違いますけど、知り合いの商人から展示会の招待状をよく受け取るようになりました。珍しい輸入品を集めたり、地方の工芸品を集めたり……そういうのも含めると、たしかにブームになっているようです」

「そうです。我々の展覧会以降、珍しい物を展示して人を集めるイベントを企画する者が増えているのです」

「たしかに、広い意味ではそうですね」

俺たちが企画した絵画コンクールが大盛況だったことで、他の分野でも展示会やコンクールを開けばお客さんを増やせると考える人が増えているようだった。

「不愉快な話です。人のアイデアに便乗して……」

と言って、ファビアン公子は眉をひそめた。

「とはいえ、規制もできませんよ。テーマも扱っているものも、多種多様ですから」

「それは分かっています。しかし、私には、こうして展覧会が便乗ビジネスで飽きられて消耗してしまう前に、やっておきたいことがあるのです」

「やっておきたいこと？」

「マリオンちゃんの可愛《かわい》さをいかに表現するか、新しい絵画表現の追求です！」

「な……なるほど。展覧会がブームになっているうちに、多様な表現を試しておきたいのですね」

「その通り！　前回の展覧会では、猫耳マリオンちゃんや、ウサ耳マリオンちゃん、フェアリーマリオンちゃんなど、様々なマリオンちゃんの可能性が見られました。ですが、まだ足りない！　マリオンちゃんの可能性は無限大です。そして、私はひらめいたのです。いっそのこと、この展覧会ブームに私も乗って、『マリオンちゃんカワイイ展覧会』を開いて、広く募集をかけようと！」

ファビアン公子は拳を握って熱弁した。

隣に座るマリオン公女が、嫌そうな顔で彼を見ている。こういうところさえなければ、ファビアン公子も良いお兄さんになれるんだろうけどなぁ。

マリオン公女は無言で俺に視線を向け、「何とかして」と訴えてきた。そうだな、このままファビアン公子を暴走させるとマズいかもしれない。

「ファビアン公子、それは少し心配です。展覧会を開けば、自分の作品を目立たせるために、可愛いマリオン公女ではなく、奇抜な表現でマリオン公女を描いてしまう者が現れるかもしれません」

芸術家に同じモデルばかりを突き詰めて描くように要求したら、ピカソやダリみたいな絵を描いてくる人が出てきそうじゃないか。

「なっ……そんな不届き者、私は絶対に許さんぞ！　だが、そうですね。ラントペリー先生の懸念は分かります。マリオンちゃんが変に描かれてしまうリスクなど、取れるわけがありません。マリオンちゃんモデルの展覧会は、考え直さないと」

ファビアン公子はしょんぼりと肩を落とした。一方、マリオン公女はホッとしている。

「ですが……私の、この情熱はどこへ持っていけばよいのでしょう？　ラントペリー先生に指摘を受けて以来、私は絵画の可能性に魅了されたんです。この世には、私のまだ見ぬマリオンちゃんの可愛さが隠されていると思うと、居ても立っても居られず、マリオンちゃんの可愛さを見逃してなるものかと……！」

と、ファビアン公子は執念を燃やしていた。隣のマリオン公女はドン引きである。

マリオン公女のためには、ファビアン公子に諦めてもらった方がいいんだけど、彼をこのまま放置すると、変な暴走をしそうだ。

「表現の追求なら、マリオン公女の名前は出さずに、可愛い物を集めた展覧会を開くというのはどうでしょう？　良い物があったら、それを使ってマリオン公女の可愛らしさを表現すればよいのではないですか？」

「なるほど！　たしかに、不用意にマリオンちゃんの名前を出すより、その方がいいですね」

と、ファビアン公子は膝を打った。

可愛い物を集めるだけの展覧会なら、マリオン公女にも被害が及びにくいし、楽しめるかもしれない。

「決めました！　『カワイイ展覧会』、実施しましょう！　そうと決まれば、国中に周知して、あらゆる可愛い物を集めますよ」

ファビアン公子は『カワイイ展覧会』の開催を決定した。

「私単独の主催では、王家と合同で開催した絵画コンクールのような大掛かりなものはできませんが、小規模でも質の良い展覧会を目指しましょう。ラントペリー先生も、マリオンちゃんに合う可愛い物を集めるのに、協力していただけますか？」

「はい。『カワイイ展覧会』ということは、絵に限らず、服飾品や人形なども対象になりそうですね」

「そうですね。マリオンちゃんに似合う可愛い物なら何でも構いません。集めて展示して、人々の美意識を高めていきましょう」

ということで、ファビアン公子主催の『カワイイ展覧会』のために、俺は各所から可愛い物を集めることになった。


可愛い物集め。

まず、母に可愛い物を集めたいことを伝えた。

「『カワイイ展覧会』？　アレン、また変わった仕事を取ってきたわね」

母は呆《あき》れたように言うが、少し考えて、

「でも、ウチにとってはメリットの大きな企画ねぇ」

と言い出した。

「ラントペリー商会が扱う女性向けの服飾品には、可愛い物がたくさんあるわよ。それを見てもらいましょう。それと、アレン、とびきり可愛いドレスを用意して」

母は『カワイイ展覧会』を利用して、ラントペリー商会の商品を宣伝することを思い付いた。

「分かりました、母さん」

どうせなら、マリオン公女に似合う可愛いドレスを考えようかな。良い商売になりそうだ。

それから、前回の絵画コンクールに乗り遅れたと悔しがっていたローデリック様にも、『カワイイ展覧会』について手紙を送っておいた。

マクレゴン領に手紙が届くと、ローデリック様はルパーカさんを王都に派遣してきた。

「アレン様と可愛いフィギュアを制作するように、ローデリック様に申しつけられて来ました」

ルパーカさんから受け取ったローデリック様の手紙には、

『最近、質の低い浮き乳作品だらけになったことに心を痛めている。奇乳はもういいので、新しい可愛い作品に期待している』

と書かれていた。ローデリック様……。

「可愛いフィギュアか。考えてみましょう」

ということで、俺はルパーカさんと可愛いフィギュアも作ることになった。


さらに、シルヴィアにも可愛い物を集めていることを伝えた。

「可愛い物？　以前にアレンがレヴィントン領の村おこしのために考えてくれたご当地キャラは可愛かったわね。彼らを呼ぶのはどうかしら？」

「いいね、お願いします」

「それから、レヴィントン領の売りはやっぱり磁器ね。可愛いデザインの食器を見てもらいましょう」

レヴィントン領からも、可愛い物が集められた。


カワイイ展覧会の準備を始めて一カ月後。

「ラントペリー本家からアレン宛に荷物が届いたわよ」

俺は母から大きな箱を一つ受け取った。

中には、動物の絵柄の織られたタペストリーが入っていた。

「手紙もついてる。ハンナからだな。なになに……『ロア王国で可愛い物の展覧会があると聞きました。そこで、ラントペリー商会の織物の魅力をぜひアピールしてください』か。本家の皆は商機を逃さないなぁ」

送られてきたタペストリーには、森の可愛らしい動物が織られていた。野ウサギにシカ、クマ、オオカミ……高価な糸で繊細に描かれた、重厚な可愛さだ。

この一カ月でたくさんの可愛い物を集めることができた。

充実した展覧会になるといいな。

ルネーザンス家が主催する『第一回カワイイ展覧会』は、人通りの多い商業区の建物を借りて開

催された。

「『カワイイ展覧会』を開催中です。どうぞ～」

「お時間のある方はぜひ見ていってくださいね」

入り口で、以前に俺がレヴィントン領の村おこしに作ったご当地キャラの格好をした村人が、呼び込みをしてくれていた。今回はキャラクターの知名度を上げるために、特に可愛い選抜メンバーで来てくれたそうだ。

展覧会初日、開場と同時に、最初のお客様が入ってきた。

「ふふふ、今回は初日に来られたぞ」

展覧会の会場で待つ俺の前に、最初に現れたのは、ローデリック様だった。

「いらっしゃいませ、ローデリック様」

「やあ、ラントペリー氏。この前あった全国絵画コンクールでは出不精して大失敗したからね。同じ失敗を繰り返さないように、スケジュールを調整して来たよ」

「ありがとうございます。ご案内しますね」

「よろしく！」

展覧会場には、たくさんの可愛いをテーマにした絵画が飾られていた。

動物の絵や、子どもの絵、空想上の生き物の絵もある。

コモンドール先生のお弟子さんも出品していて、とてもリアルに描かれた猫の絵などがあった。

「こうして見ると、正確な描写にこだわっていたルネーザンス家の絵も良いものだね。猫の毛並みなど、根気のいる描写がしっかりされている」

と、ローデリック様が言った。

「柔らかい手触りが想像できますよね。良い絵です」

「ラントペリー氏はどんな絵を描いたの？」

「私は、以前に私の妹がお祭りの舞台に立ったときの光景を描きました」

俺は、少し前にあった建国祭で、フランセットがダンス教室の子どもたちと踊った様子を描いていた。

「わあ、楽しそうで良い絵だね。これ、売ってもらえたりは……」

「すみません、家族の記念の絵なので」

「そっか。残念だけど仕方ないね。代わりに、僕にはルパーカ君の人形があるんだ！　ラントペリー氏、人形の展示はどこ？」

「ご案内します」

俺はルパーカさんの美少女フィギュアの展示スペースに、ローデリック様を連れていった。

「おぉぉ、これは可愛い！」

新作のフィギュアは、ふわっとしたミニスカートのドレスを着てステッキを持った女の子だった。スカートのフリルの軽やかさに、ルパーカさんの技術が光っている。

「魔法使いの少女、略して魔法少女の人形です」

「魔法少女……」

ローデリック様は魔法少女人形をジッと見つめ、そのままフィギュアの展示エリアから動かなくなってしまった。

「……しばらく放っておいて。魔法少女の鑑賞に浸りたいから」

「ご……ごゆっくりどうぞ。よろしければ他の展示物も見ていってくださいね」

他のお客様の対応もあるので、俺はローデリック様を残してその場を離れた。ちなみに、魔法少女フィギュアの所有権はローデリック様にある。ルパーカさんが派遣されてきたときの契約書に赤線付きできっちり書いてあった。


次に、ファビアン公子とマリオン公女が会場に現れた。

「マクレゴン家のローデリック様が先に来ている？　それは、主催者として申し訳ないことをしました。後で挨拶しておきます」

ファビアン公子は、ローデリック様が開場前から並んでいたと聞いて驚いていた。

「ローデリック様は一人で鑑賞されたいようですので、まずは、会場全体をご確認ください。ギリギリに届いた品もあって、以前に視察されたときより作品数が増えていますから」

「そうですね、ラントペリー先生。改めて見させてもらいます」

ファビアン公子は事前にどんな展示があるか知っていたので、マリオン公女に見せたい作品を次々と案内していった。

「ほら、マリオンちゃん、このドレスなんて可愛いだろう？　マリオンちゃんのために作られたようだ」

ファビアン公子は、ラントペリー商会が出品したドレスをマリオン公女に見せて言った。

ドレスは前世のゴスロリ服を参考にして、レースやリボンをふんだんに使ったデザインにしていた。

「見事に私のサイズですね、ラントペリー先生……」

マリオン公女がジト目で俺を見る。うっ……商売っ気を出しすぎたか。

一方、ファビアン公子に気にした様子はなく、

「そうだな。展示が終了したら、マリオンちゃんが着てみようか。絶対に似合うよ」

と、嬉《うれ》しそうに言った。

「はい。親しい人にだけ見せるのなら、ちょっと着てみたいです」

マリオン公女は照れくさそうに言って、ジッとドレスを眺めていた。

良かった。まあまあ気に入ってもらえたみたいだ。

ドレスの展示スペースには、他にも、多くの商人から、自慢の可愛らしいドレスやアクセサリーの出品があった。

「このスペースは、来場者の人気が高そうだな」

周囲を見回して、ファビアン公子が呟《つぶや》いた。

「そうですね。協力してくれた商人たちも商機を感じているようでした。もしかすると、また真似《まね》した展覧会が開かれるかもしれませんね」

「それは歓迎します。マリオンちゃんに似合う可愛い物が見つかるなら何でもいいので」

ファビアン公子のマリオン公女愛は揺るぎない。

そうやって公子たちと話していると、また会場にＶＩＰなお客様が来たと告げられた。

入り口まで出迎えに行く。


「レヴィントン公爵、よく来てくださいました」

「素敵な展覧会ですね、ファビアン公子。どんな展示品があるのか、見るのが楽しみですわ」

ファビアン公子たちにシルヴィアも合流して、会場を見て回った。

「レヴィントン家からは磁器を出品していただきましたね」

「はい。職人の技術も上がってきたので、工夫を凝らした品も出していますよ」

レヴィントン家が提供した磁器の展示スペースには、俺や他の職人が絵付けした可愛らしいデザインの食器が並んでいた。

マリオン公女はそれを楽しそうに見ている。

「素晴らしいですね。レヴィントン領の磁器は、いつ見ても美しいわ」

「ありがとう、マリオン公女。気に入っていただけて嬉しいわ」

マリオン公女はシルヴィアと並んで、展示品を見て回っている。

その様子を少し後ろから眺めて、

「マリオンちゃんが嬉しそうだ～。くぅう、展覧会、開催してよかった～」

と、ファビアン公子が感無量になっていた。

四人で順路通りに展示品を見て回ると、出口付近に、別のドアが開いていて、近くに案内板が出ていた。

「この扉は、何かしら?」

不思議そうに、シルヴィアが案内板を見る。

「カワイイ展覧会カフェ?」

「可愛い物といえば、当然、お菓子も入るでしょう」

食べ物は傷むので展示はできなかったけど、可愛いお菓子は外せない。会場には期間限定のカフェも作っていた。

「席は取ってあります。入りましょう。ローデリック様も呼んできますね」

俺はフィギュアの展示スペースにいたローデリック様も誘って、五人でカフェに入った。

カフェでは、俺がデザインしてダニエルが作ったお菓子を数量限定で提供していた。

「わあ、このパフェ、ウサギ型の焼き菓子が載っている」

「こちらのケーキには、砂糖細工の人形が」

可愛いお菓子を前に、シルヴィアとマリオン公女はとても楽しそうだった。

「この砂糖細工、食べなきゃだめなの? ラントペリー氏、むごいよ。こんな素晴らしいものをコレクションできないなんて……!」

コレクター気質のローデリック様は、お菓子を気に入りすぎて逆に残念そうだった。

周囲の席でも、子どもやカップルが、嬉しそうにお菓子を食べている。

——ふふ、結局、美味《おい》しいお菓子を食べているときの皆の笑顔が、一番可愛いんだな。

俺は心の中でこっそりと呟いた。

「アレン、嬉しそうね」

隣の席に座っていたシルヴィアに、そう指摘される。

「え、そうかな？　展覧会がうまくいったからかな」

「うんうん、可愛い顔をしていたよ」

「えー……」

シルヴィアは嬉しそうに俺を見つめてニコニコしている。そんな顔で見られると照れるから、あんまり見ないでほしいなぁ。

俺は気まずさを隠すようにパステルピンクのイチゴ牛乳をグビグビと飲んだ。

その間に、シルヴィアはカップの下に敷かれていた紙製のコースターを拾い上げる。

「こんなところまで可愛くしてるんだ。好きだなぁ、こういう細やかな気遣い」

コースターは赤いハート形にカットされていた。

シルヴィアはそのハートを胸元で持ってニコッとほほ笑んだ。

「あ、ありがとう？　シルヴィア」

俺はイチゴ牛乳で少し白くなった口元で礼を言った。

いつの間にか、俺とシルヴィアはすっかり二人の世界に入って見つめ合っていた。

「……カワイイ展覧会で可愛いイチャイチャ。カワイイ展覧会の運営トップが一番可愛いってどういうこと!?」

「何を言っているんだ、マリオンちゃん。マリオンちゃんが一番、可愛いに決まっているだろっ」

「うんうん、可愛さは人それぞれだね。僕はこれを機にたくさんの可愛い物もコレクションしてみるよ！」

皆で食べるお菓子は、甘い物ばかりだったけど、けっこう美味しくいただけた。


後日。

「展覧会の作品を取り入れて、マリオンちゃんに魔法少女のドレスを着てもらって、魔法少女マリオンちゃんのフィギュアを制作しようとしたら、マリオンちゃんに怒られた。なぜだぁっ！」

ファビアン公子の妹への愛情は尽きないようだった。

異世界《いせかい》で天才《てんさい》画家《がか》になってみた 2

2024年6月25日　初版第一刷発行

著者　八華
発行者　山下直久
発行　株式会社KADOKAWA
〒102-8177　東京都千代田区富士見2-13-3
0570-002-301（ナビダイヤル）
印刷・製本　株式会社広済堂ネクスト
ISBN 978-4-04-683708-0 C0093
©Hachihana 2024
Printed in JAPAN

●本書の無断複製（コピー、スキャン、デジタル化等）並びに無断複製物の譲渡及び配信は、著作権法上での例外を除き禁じられています。また、本書を代行業者等の第三者に依頼して複製する行為は、たとえ個人や家庭内の利用であっても一切認められておりません。
●定価はカバーに表示してあります。
●お問い合わせ
https://www.kadokawa.co.jp/（「お問い合わせ」へお進みください）
※内容によっては、お答えできない場合があります。
※サポートは日本国内のみとさせていただきます。
※ Japanese text only

担当編集　森谷行海
ブックデザイン　AFTERGLOW
デザインフォーマット　AFTERGLOW
イラスト　Tam-U

本書は、2022年から2023年に「カクヨム」（https://kakuyomu.jp/）で実施された「第8回カクヨムWeb小説コンテスト」で特別賞（プロ作家部門）を受賞した「異世界で天才画家になってみた」を加筆修正したものです。
この作品はフィクションです。実在の人物・団体・事件・地名・名称等とは一切関係ありません。

ファンレター、作品のご感想をお待ちしています

宛先
〒102-8177 東京都千代田区富士見 2-13-3
株式会社 KADOKAWA　MFブックス編集部気付
「八華先生」係「Tam-U 先生」係

二次元コードまたはURLをご利用の上
右記のパスワードを入力してアンケートにご協力ください。

https://kdq.jp/mfb
パスワード
xe6e5

● PC・スマートフォンにも対応しております（一部対応していない機種もございます）。
●アンケートにご協力頂きますと、作者書き下ろしの「こぼれ話」が WEB で読めます。
●サイトにアクセスする際や、登録・メール送信時にかかる通信費はご負担ください。
● 2024 年 6 月時点の情報です。やむを得ない事情により公開を中断・終了する場合があります。

物語を愛するすべての人たちへ

KADOKAWA運営のWeb小説サイト

イラスト：Hiten

「」カクヨム

01 - WRITING

作品を投稿する

誰でも思いのまま小説が書けます。

投稿フォームはシンプル。作者がストレスを感じることなく執筆・公開ができます。書籍化を目指すコンテストも多く開催されています。作家デビューへの近道はここ！

作品投稿で広告収入を得ることができます。

作品を投稿してプログラムに参加するだけで、広告で得た収益がユーザーに分配されます。貯まったリワードは現金振込で受け取れます。人気作品になれば高収入も実現可能！

02 - READING

おもしろい小説と出会う

アニメ化・ドラマ化された人気タイトルをはじめ、あなたにピッタリの作品が見つかります！

様々なジャンルの投稿作品から、自分の好みにあった小説を探すことができます。スマホでもPCでも、いつでも好きな時間・場所で小説が読めます。

KADOKAWAの新作タイトル・人気作品も多数掲載！

有名作家の連載や新刊の試し読み、人気作品の期間限定無料公開などが盛りだくさん！角川文庫やライトノベルなど、KADOKAWAがおくる人気コンテンツを楽しめます。

最新情報は
𝕏@kaku_yomu
をフォロー！

または「カクヨム」で検索

カクヨム

「こぼれ話」の内容は、
あとがきだったり
ショートストーリーだったり、
タイトルによってさまざまです。
読んでみてのお楽しみ！

アンケートに答えて著者書き下ろし「こぼれ話」を読もう！

よりよい本作りのため、
読者の皆様のご意見を参考にさせて頂きたく、
アンケートを実施しております。

奥付掲載の二次元コード（またはURL）にお手持ちの端末でアクセス。

↓

奥付掲載のパスワードを入力すると、アンケートページが開きます。

↓

アンケートにご協力頂きますと、著者書き下ろしの「こぼれ話」がWEBで読めます。

● PC・スマートフォンに対応しております（一部対応していない機種もございます）。
●サイトにアクセスする際や、登録・メール送信時にかかる通信費はご負担ください。
●やむを得ない事情により公開を中断・終了する場合があります。

オトナのエンターテインメントノベル　MFブックス　毎月25日発売